U0560559

·慢读吧·

纳兰词

[清]纳兰性德 著

闵泽平 注评

长江出版传媒 ｜崇文书局

图书在版编目（CIP）数据

纳兰词／（清）纳兰性德著；闵泽平注评． -- 武汉：
崇文书局，2021.4（2022.7重印）
（慢读吧）
ISBN 978-7-5403-6160-0

Ⅰ．①纳… Ⅱ．①纳… ②闵… Ⅲ．①词（文学）—作
品集—中国—清代 Ⅳ．① I222.849

中国版本图书馆 CIP 数据核字（2021）第 002375 号

责任编辑：程　欣
封面设计：杨　艳
责任校对：董　颖
责任印刷：李佳超

纳兰词
NALAN CI

出版发行： 长江出版传媒 崇文书局
地　　址：武汉市雄楚大街 268 号 C 座 11 层
电　　话：(027)87677133　邮政编码　430070
印　　刷：湖北新华印务有限公司
开　　本：880 mm×1230 mm　　1/32
印　　张：9.25
字　　数：180 千
版　　次：2021 年 4 月第 1 版
印　　次：2022 年 7 月第 2 次印刷
定　　价：49.80 元

（如发现印装质量问题，影响阅读，由本社负责调换）

前　言

纳兰性德是最受读者喜爱的词人之一，人们为何这样喜欢他呢？或许与他性情的纯净有关。他本是"人间富贵花"，出身满洲正黄旗，父亲为一代权臣纳兰明珠，真正算得上"衔玉而生"，但和《红楼梦》中的那位"富贵闲人"不一样的是，他并非如鸵鸟一般整日躲在大观园里，不愿也不敢去直面惨淡的人生，却一直希望通过自己的奋斗来得到时人的认可。

纳兰性德，字容若，十七岁进入太学，十八岁成为举人，二十二岁当上了进士，其间校刻《通志堂经解》，后来又成为皇帝身边的侍卫，这些让人羡慕、嫉妒的履历与他父亲滔天的权势不无关联，不过纳兰容若自身的天资和后天的勤奋也无疑是极其重要的因素。我们所能知道的事实是，进入仕途之后的纳兰容若在二十六岁时，还只是主管着内厩马匹。而这样琐碎的事情，他却做得极其认真尽责，康熙皇帝每次出巡用马，他都亲自前去挑选，以至于连皇帝都大为感叹："此富贵家儿，乃能尔耶！"

在我们的心目中，一位出身顶级豪门、才华横溢、允文允武、低调勤勉的富家公子，在仕途上该会是何等春风得意？但纳兰容若又一次让我们"惊呼热中肠"了。二十二岁以进士二甲第七名的身份正式步入仕途的纳兰公子，先被授予三等侍卫，后来被授予二等侍卫，再后来是一等侍卫，一直做到他三十一岁去世的时候。终其一生也只是侍卫。于是我们非常惊奇地发现，在他的赠别词中，竟然有颇多的愤激，有不少的消沉，所谓"诸公衮衮皆虚掷"（《摸鱼儿》），所谓"衮衮门前题凤客，竟居然、润色朝家典"（《金缕曲》），这些愤世嫉俗的话，本不应该出自于钟鸣鼎食之家，现在竟然在纳兰公子的词中出现了，不免让我们感到新奇与亲切。

也有人认为，能当上侍卫，其实是一件相当荣耀的事。如果父兄不为皇帝重视，子弟根本不能挨上侍卫的边。康熙把中了进士的纳兰性德留在身边，显然有对这位既精文翰又擅骑射的年轻亲贵留心观察、以便委以重任的意思。如此说来，康熙北巡、南巡乃至度假，都把容若带在身边，显然在展示自己对后者的亲昵。大家也都明白康熙皇帝暗示，"咸谓君将不久于宿卫，行付以政事，以展其中之所欲施"（韩菼《纳兰君神道碑》），容若自己似乎也有些不好意思，感到"承恩席宠，溢分逾涯"（纳兰性德《忠孝二箴序》）。所以，即使侍卫的生活枯燥一些，单调一些，琐碎一些，容若也应该感到自豪与幸福。但我们惊讶地发现，他在词中倾诉的是无聊，是无奈，是劳顿与疲惫。"山一程，水一程"，"风一更，雪一更"（《如梦令》），这些都不是他所需要的生活。

容若需要的，或当就是知己以及与知己的长相厮守。顾贞观在《饮水词序》中说："非文人不能多情，非才子不能善怨。"纳兰性德是才华横溢的翩翩公子，既多情又善怨，所以能把他的哀怨写得婉丽凄清，如泣如诉，三百年后，仍令人心悸不已。而论者每每提到纳兰词，也盛称其以情真横放而杰出。这情真首先关乎爱情，虽然他有许多词只是"美人香草可怜春，凤蜡红巾无限泪"，沿袭传统题材说说而已，但也有许多情词是有感而发。纳兰词中最凄婉之处，最令人不忍卒读之处，就是这一部分。这使我们有必要介绍一下他的情感生活。

康熙十三年（1674），二十岁的纳兰性德娶两广总督卢兴祖之女为妻。新婚之喜悦，婚后之甜蜜，偶见于词中，自可想见，如"被酒莫惊春睡重，赌书消得泼茶香"（《浣溪沙》）等。但这甜蜜与幸福，很快就变成了回忆，让词人只得在怅惋中慢慢咀嚼与回味。三年后，卢氏因难产而去世，词人悲痛欲绝，写下了大量悼亡之作。这些作品，情长语重，最能动人心魄。前人称道纳兰词"深于清""缠绵幽咽，不能终听""幽艳哀断"等，大多针对这类作品。而正是由于这些悼亡作品极缠绵婉约之致，纯以情真意切取胜，所以容若才得以与清词诸大家并峙，甚至超轶诸家。

卢氏卒后三年，即康熙十九年，二十六岁的容若娶官氏为继室。对于官氏，词人感情较为复杂。一方面，他不能忘情于卢氏，总希望天上人间与之重见；一方面，官氏给他带来家的温馨，也使他分外留恋。"多情不是偏多别，别离只为多情设。蝶梦百花花梦蝶，几时相见，西窗剪烛，细把而今说。"（《青玉案》）"粉香看又别，空剩当时月。月也异当时，凄清照鬓丝。"（《菩萨蛮》）"春归不得，两桨松花隔。旧事逐寒潮，啼鹃恨未消。"（《菩萨蛮》）这些痴情苦语，也当为后者而发。

在卢氏之前，容若曾有一位侍妾颜氏，但词人较少提及。在官氏之后，即康熙二十三年（1684）冬后，容若另有侍妾沈宛。此时的容若情绪格外低沉，似乎想逃避于温柔之乡以消磨心中苦楚。在给顾贞观的信中，他说："从前壮志，都已隳尽。昔人言，身后名不如生前一杯酒，此言大是。弟是以甚慕魏公子之饮醇酒、近妇人也。沦落之余，方欲葬身柔乡，不知得如鄙人之愿否？"这沈宛确乎是他的温柔之乡，两人情意相投，也带给容若一段幸福时光。但幸福的日子总是短暂的，由于难以言说的原因，两人仅仅相处了四个月左右，沈宛就回归江南了。沈宛离去不久，容若就因寒疾离开了人世。

容若"以口写心，清新秀俊，自然超逸，情词共胜，无懈可击"（罗慕华《纳兰性德》），他的这些情词如此细腻动人，把相思与爱恋写得如此真切，以至于人们认定，在卢氏诸女之外，他还有一位初恋的对象。在清人笔记中，他的初恋就是他的表妹，而这位表妹又被选入了深宫，从此陌路。

在悲香哀粉诸作之外，容若肺腑之语也常见于赠别唱酬之作。前人称其深于情，也有偏指这类作品的。容若所交游的，如严绳孙、顾贞观、秦松龄、陈维崧、姜宸英等，都是一时俊杰，且大多年长其三十岁左右。容若与之交游，任情任性，推心置腹，其唱和词作也能以诚动人，尤为难得。酬唱之作，很容易流于虚情假意。而容若身为朱衣公子，却能以诚待人，"先生之待人也以真，其所为词，亦正得一真字，此其所以冠一代排余子也"（张任政《纳兰性德年谱自序》）。

"真"，正是纳兰词艺术魅力之所在。"待人真，作词真，写景真，抒情真，虽力量未充，然以其真，故感人甚深。"（唐圭璋《纳兰性德评传》）在其抒写爱情与友情的作品之外，依然能够拨动人们心弦的，还是他的真诚。没有虚伪，没有做作，只是实实在在地吐露自己的感受。这些感受，大多为哀怨与忧愁，似乎与具体的现实无所关联，甚至在许多人看来可能是无病呻吟，因为他的生活是如此优裕。然而精神上的苦痛，与生俱来的忧郁，其实潜藏在每个人的心底，它们与物质追求是否满足了无关涉，这也正是愁苦之词总能穿越时空，激发我们共鸣的重要原因。"心事如落花，春风吹已断"（纳兰性德《拟古》之十三），也是人之常情。

　　容若之词，今人所见大约有三百四十九首，这里选析了一百多首。作品的排列，大致以编年为序。未编年作品，则以《通志堂集》所录，以词牌为序。纳兰词作，明确说明作年者甚少。其编年，大多为考索推测，或据其行踪，或据其唱和赠答，或据早年词选著录情况，或据词中所言之事，或据词中所抒写之情等，但既然为推断，不无臆测，尤其是词中所言之事与所抒之情，理解不一，论断各自不同。词后的赏析，意在梳理词之意绪，尽量对所绘之景、所言之事及所蕴含之情感，用简洁的语言给予说明，泛论之处不少，亦不乏自得之见。其中可能会对词意理解产生困惑的典故名物，为阅读方便起见，一并在赏析文字中加以说明，不再单独注解。至于各本的异文，则是择善而从，不一一指出。

闵泽平

目　录

采桑子

冷香萦遍红桥梦，梦觉城笳。月上桃花，雨歇春寒燕子家。　　筌篌别后谁能鼓，肠断天涯。暗损韶华，一缕茶烟透碧纱。

赏析

春寒料峭，风雨暂住，燕子双飞，落花独立，相思暗起。梦中便魂飞千里，寻至冷香萦绕的红桥，与伊人携手，漫步于月下，嗅着那灿烂的桃花。正沉醉在温馨的氛围中，谁知城头胡笳呜咽，惊醒南柯一梦，醒来无限惆怅。当年两人相聚，有多少赏心乐事。如今天各一方，不知你会为谁弹奏筌篌，为谁煮茶燃香？伊人之清香仿佛还可以嗅闻，蓦然却风烟万里，相隔天涯，这是何等怅恨！而念及佳人别后闺中独处，唯有凭借煮茶点香消磨岁月，使大好韶华虚掷，更觉凄凉。

虞美人

黄昏又听城头角，病起心情恶。药炉初沸短檠青，无那残香半缕恼多情。 多情自古原多病，清镜怜清影。一声弹指泪如丝，央及东风休遣玉人知。

赏析

当城头的笳声传入室内的时候，困守房中的佳人就知道黄昏又要来临了，而春日的一天也就这样过去了。此时此刻，她的心情越发糟糕了。陪伴她的都是些什么呢？室内弥漫着浓浓的药味，除了总在沸腾的药炉之外，就是默然伫立的青灯和那渐渐退去的幽香，这样的环境她如何承受得了！自古以来，佳人的敏感脆弱、多愁善感，似乎都是因为她们身体多病引起的，殊不知内在的焦虑和恐惧，才是更重要的原因。看到镜中日渐憔悴的模样，她们又如何会不顾影自怜呢？美好的青春，似乎就在这弹指间逝去了。她不愿意对方看见自己憔悴的模样，但又抑制不住思念之情，这极度令人困扰的情绪，使她的眼泪不由自主地流了下来。

弹指，一说指顾贞观所作《弹指词》，则词中所倾诉的是对友人的思念之情。

清 恽寿平 国香春霁

山花子

　　昨夜浓香分外宜，天将妍暖护双栖。桦烛影微红玉软，燕钗垂。　　几为愁多翻自笑，那逢欢极却含啼。央及莲花清漏滴，莫相催。

赏析

　　昨天晚上，上天似乎终于听见了我们的乞求，让我们得以重逢。一切都变得那样美好，室内温暖如春，香气扑鼻，令人心醉，烛影轻摇，燕钗低垂，红玉香软，情浓意迷。长期以来，因分离而愁绪满怀，不免哂笑，多情却为哪般？如今偶遇，喜极而泣。这幸福来得如此之突然，来得如此之艰难，她唯有祈求这更漏滴得慢一些，再慢一些，好让温馨的时光多停留一会。或许黎明来临，两人又将天各一方。

　　桦烛，以桦木皮卷裹的蜡烛。《本草集解》："桦木生辽东及西北诸地，其皮厚而轻虚柔软，以皮卷蜡可以烛照。" 红玉，红色宝石，此处喻美人的肌肤。《西京杂记》卷一载，赵飞燕与赵合德两人"色如红玉"。燕钗，燕子形的钗头。郭宪《洞冥记》卷二载，神女所赠汉成帝之玉钗，第二日化作白燕飞去。后宫人之仿制，称玉燕钗。莲花清漏，即莲花漏，古代一种用水漏计时的工具。

雨中花

送徐艺初归昆山

天外孤帆云外树。看又是、春随人去。水驿灯昏，关城月落，不算凄凉处。　　计程应惜天涯暮。打叠起、伤心无数。中坐波涛，眼前冷暖，多少人难语。

赏析

友人乘一叶扁舟，孤帆远去，在春水中渐行渐远，没入天际。一路上他定然会历经无数风波，惯看驿站昏暗灯火，饱见关河凄凉月色，想来令人凄楚。在这惨淡的旅途中，我虽然不能陪伴在你身边，可还是会默默地关注你，暗自计算你每一天的行程，为你担忧，为你庆幸。当你在面临险恶风波，无数伤心之事涌上心头却又无人诉说、无法言说之时，想起我的牵挂，或许你会得到一丝安慰。

此词明言为送徐艺初归昆山而作。徐艺初，名树榖，字艺初，纳兰性德座师徐乾学之子。容若究竟何时送徐艺初归昆山，徐艺初又因何事回到家乡昆山，大约有两种推测：一种是康熙十三年，当时徐艺初受到其父顺天府乡试案的牵连，返回昆山；另一种是康熙二十三年，此时徐艺初落第而归。词中有"眼前冷暖，多少人难语"，写的是由顺境顿入逆境，故或当以前者为是。此外，"中坐波涛"一句，化用了李贺《申胡子觱篥歌》诗句"心事如波涛，中坐时时惊"，所表达的是人事的变迁引发了心中的感喟，也与前一种推测更相吻合。

望海潮

宝珠洞

漠陵风雨，寒烟衰草，江山满目兴亡。白日空山，夜深清呗，算来别是凄凉。往事最堪伤，想铜驼巷陌，金谷风光。几处离宫，至今童子牧牛羊。　　荒沙一片茫茫，有桑干一线，雪冷雕翔。一道炊烟，三分梦雨，忍看林表斜阳。归雁两三行，见乱云低水，铁骑荒冈。僧饭黄昏，松门凉月拂衣裳。

赏析

词以"宝珠洞"为题，但却没有对它展开描摹歌咏，这是因为宝珠洞算不上有名的历史古迹，本身没有故事传说。它位于北京西郊八大处平坡山之上，我们所能查询到的相关记载，大多是对其名称来源的说明，如余棨昌《故都变迁记略》："宝珠洞当山之翠微处，洞深广丈余，洞中石黑白点渗之如珠，故名。"

当容若登上翠微山，来到宝珠洞，极目远眺，见寒烟苍翠，衰草连天，陵原萧萧，空山寂寂，抚今追昔，触目皆是兴亡之景，故言辞不无凄凉之意。他不由想到铜驼街、金谷园这些曾经繁华一时的名胜，如今又如何呢？历史上涌现了多少风流人物，也都全被风吹雨打去；眼前那些宫阙的遗迹，竟然成为无知儿童的放牧之处。永定河外，暮云低沉，斜阳残照，炊烟袅袅，归雁零落，远处铁骑匆匆，身影朦胧，翻越山岗。惟有僧人，无视王朝兴衰更替，悠闲自得，饭罢漫步寺门，赏凉月，迎清风，轻拂衣裳。

嫣紅不是武陵春多事花溪遠問
津若道于今無隱士青簑笠

是何人

鷗波老人有苕溪漁隱圖在

婁東王奉常家設色古秀風

韻清婉非近人所能撰謙

清 惲壽平 仿古山水

风流子

秋郊即事

　　平原草枯矣，重阳后、黄叶树骚骚。记玉勒青丝，落花时节，曾逢拾翠，忽听吹箫。今来是、烧痕残碧尽，霜影乱红凋。秋水映空，寒烟如织，皂雕飞处，天惨云高。人生须行乐，君知否？容易两鬓萧萧。自与东君作别，划地无聊。算功名何许，此身博得，短衣射虎，沽酒西郊。便向夕阳影里，倚马挥毫。

赏析

　　此词副题"秋郊即事"，有的版本为"秋尽友人邀猎"或"秋郊射猎"，可见词人所写，乃是秋日受友人所邀在郊外打猎时的感受。重阳节后，黄叶纷飞，平原草枯，一望无际，此时纵马驰骋，无拘无束，自是人间乐事。想起春日花落之际，玉勒雕鞍，青丝骢马，曾与佳人缓步寻芳，听箫踏青。如今重来，天高云淡，秋水映空，寒烟漠漠，猎鹰盘旋，别是一番情怀。韶华易逝，青春转眼远去；人生得意，就当及时行乐。春日以来，仕途不顺，徒增烦恼，想来博取功名，还不如打猎沽酒、挥毫赋诗更为洒脱惬意。

　　骚骚，风吹动草木发出时的声音。玉勒青丝，马勒和缰绳。拾翠，拾取翠鸟羽毛作首饰，后多指游春女子。烧痕，野火的痕迹。东君，司春之神。划地，依旧。短衣射虎，杜甫《曲江三章章五句》："短衣匹马随李广，看射猛虎终残年。"倚马挥毫，见《世说新语·言语》："桓宣武北征，袁虎时从，被责免官。会须露布文，唤袁倚马前令作。手不辍笔，俄得七纸，殊可观。"

河传

　　春残，红怨，掩双环。微雨花间昼闲。无言暗将红泪弹。阑珊，香销轻梦还。　　斜倚画屏思往事，皆不是，空作相思字。记当时，垂柳丝，花枝，满庭胡蝶儿。

赏析

　　词写暮春的感受。微雨飞来，春日将去，落红满地，一片狼藉。佳人不忍目睹，紧闭深闺，杜门不出。在这销魂时节，她百无聊赖，无言斜倚画屏，追忆往日在垂柳边与情人赏花戏蝶之情事，当时柳丝轻拂，鲜花满枝头，蝴蝶翩跹，又念及今日之孤苦无依，不禁粉泪盈盈。

忆王孙

刺桐花底是儿家，已拆秋千未采茶。
睡起重寻好梦赊，忆交加，倚著闲窗数落花。

赏析

词以女子口吻，写闲情闺思，颇绮丽，有江南情歌余味。词中的女子说她的家就在刺桐花下，如今被称为福建泉州市花的刺桐花，在晋人的描述中它还主要出现在越南，嵇含在《南方草木状》中说："刺桐，其木为材。三月三时布叶繁密，后有花，赤色，间生叶间，旁照他物皆朱殷。然三五房凋，则三五复发，如是者竟岁。九真有之。"九真郡为汉代所置，位于今越南中部。唐代诗人陈陶曾经写过一首《泉州刺桐花咏兼呈赵使君》："赤帝常闻海上游，三千幢盖拥炎州。今来树似离宫色，红翠斜敧十二楼。"可见在唐代，刺桐花在泉州已经较为常见了。

如朝天椒一般鲜红可爱的刺桐花，如上面所言，在三月初就盛开了，春茶一般在三月下旬开始采摘。秋千往往是小女孩嬉戏的地方，拆掉秋千则说明女主人公已经长大了。这位刚刚成年的女子，暮春时节做了一个绮丽的美梦，梦中她与情侣紧紧依偎在一起——"交加"，意思就是男女相依偎，如韦庄《春愁》："睡怯交加梦，闲倾潋滟觞。"——醒来后她既兴奋又惆怅，独自靠着窗儿，一面无意识地数着落花，一面咀嚼着梦中的滋味。

御带花

重九夜

晚秋却胜春天好，情在冷香深处。朱楼六扇小屏山，寂寞几分尘土。虬尾烟销，人梦觉、碎虫零杵。便强说欢娱，总是无聊心绪。　　转忆当年，消受尽、皓腕红萸，嫣然一顾。如今何事，向禅榻茶烟，怕歌愁舞。玉粟寒生，且领略、月明清露。叹此际凄凉，何必更、满城风雨。

赏析

重九，就是九月九日，谐音为"久久"，本是一个值得喜庆节日，词人认为春天固然令人喜爱，而晚秋更富有清韵。众芳摇落之后，还有暗香传来，沁人心脾，令人沉醉。但今年的重阳佳节不似往年，他无论怎样强作欢娱，也找不到当年的味道，更无法使自己高兴起来。他独卧小楼之上，对着画有小山的屏风暗自出神，盘香早已燃尽，好不容易进入了梦乡，塞窣的虫鸣和断续的砧杵声又把他从浅梦中搅醒。当年佳人在侧，皓腕如霜雪，手把茱萸，嫣然一笑，至今梦牵魂绕。可惜人事播迁，自己也进入了"怕歌愁舞懒逢迎"的时节，只能在禅榻用茶烟消磨时光，忍受凄风苦雨，领略明月清露。前人曾用"满城风雨近重阳"说尽栖遑，而此时此际，不用满城风雨，自己已经无力承受这凄凉。

所谓"玉粟寒生"，是指皮肤因受寒凉而呈粟状。六扇小屏山，即六折的屏风。虬尾，指盘香。红萸，即茱萸。

疏影

芭蕉

湘帘卷处。甚离披翠影，绕檐遮住。小立吹裾，常伴春慵，掩映绣床金缕。芳心一束浑难展，清泪裹、隔年愁聚。更夜深、细听空阶雨滴，梦回无据。　　正是秋来寂寞，偏声声点点，助人离绪。缅被初寒，宿酒全醒，搅碎乱蛩双杵。西风落尽庭梧叶，还剩得、绿阴如许。想玉人、和露折来，曾写断肠诗句。

赏析

词以赋体手法铺写芭蕉，不仅写出芭蕉摇曳之态，更抓住"雨打芭蕉"这一传统意象，反复渲染，写出秋夜声声点点带给离人的愁绪。上片写春来慵懒，卷起湘帘，佳人独立风中，让裙裾与芭蕉叶一起在风中舞动。芭蕉叶为风所卷裹，而芳心也随之不得施展。夜来雨急，点点滴滴，空阶滴到天明，让人难以入梦。下片说西风扫尽梧桐叶，窸窸窣窣，满目萧索中，唯独芭蕉依然绿阴如故。前人曾言"芭蕉叶上独题诗"（韦应物《闲居寄诸弟》），想必这芭蕉叶也为离人和着露水，写满了断肠诗句。

水龙吟

再送荪友南还

人生南北真如梦，但卧金山高处。白波东逝，鸟啼花落，任他日暮。别酒盈觞，一声将息，送君归去。便烟波万顷，半帆残月，几回首，相思否。　　可忆柴门深闭。玉绳低、蒻灯夜语。浮生如此，别多会少，不如莫遇。愁对西轩，荔墙叶暗，黄昏风雨。更那堪、几处金戈铁马，把凄凉助。

赏析

世事悠悠，人生如梦，分离总是难以避免。友人此去高卧金山，面对江水东逝，鸟啼花落，自是惬意，可惜不能与其共赏共游。斜阳日暮，执手相别，从此烟波万里，半帆残月，唯有一声珍重，伴君而去，只留下无限相思。往日柴门深闭、蒻灯夜语的情景，又涌现心头。这种销魂的滋味，让人感叹，当初还不如不相识相知，何况友人将去之处，还有战火波及，不能不让人揪心。

是词见载于《东白堂词选》，后者刊于康熙十七年（1678）。康熙十五（1676）年夏，严荪友曾南归。严绳孙（1623—1702），字荪友，江苏无锡人。康熙十八年（1679）举博学鸿词科，授翰林院检讨，迁右春坊中允等，有《秋水集》。词中所言"人生南北""不如莫遇"等，即纳兰容若此前所作《送荪友》诗"人生何如不相识，君老江南我燕北。何如相逢不相合，更无别恨横胸臆"之意，故副题曰"再送"。

南宋 李安忠　山水图

菩萨蛮

　　新寒中酒敲窗雨，残香细袅秋情绪。才道莫伤神，青衫湿一痕。　　无聊成独卧，弹指韶光过。记得别伊时，桃花柳万丝。

赏析

　　康熙十五年八月六日，容若有《致严绳孙书》云："别后光阴，不觉已四月，重来之约，应成空谈。明年四月十七，算吾咏'正是去年今日别君时'也。"是词或怀念远去的友人严绳孙。上片写别后相忆。秋意渐浓，日转萧瑟，坐听窗外雨声之淅淅沥沥，漫望室内袅袅残香之散尽，念及知己远去，不觉神伤，自斟自饮，思绪茫无边际。下片由思念之苦唤起当日分别的记忆。拥衾独卧，愁绪万千，韶光易逝，似水流年，俯仰之际人事播迁。当日分别，桃花灼灼，杨柳依依，如今秋雨绵绵，令人备觉惆怅。

好事近

　　马首望青山，零落繁华如此。再向断烟衰草，认藓碑题字。　　休寻折戟话当年，只洒悲秋泪。斜日十三陵下，过新丰猎骑。

赏析

　　词人经过前明十三陵而有兴废沧桑之感，这些情绪主要通过化用三首前人的诗句展示出来。阮籍《咏怀诗》有言"秋风吹飞藿，零落从此始。繁华有憔悴，堂上生荆杞"，当他驻马停步，眺望郁郁葱葱之青山，自然联想到盛衰易变，人生飘忽，繁华不可持久。曾经显赫一时的皇陵，如今冷冷清清，只剩下残垣断壁，为衰草苔藓所覆盖。词人小心翼翼地擦去苔藓，才能认出碑文，这又让他想到杜牧曾漫步于赤壁古战场，看见沙中深埋的锈迹斑斑的断戟而写出"折戟沉沙铁未销，自将磨洗认前朝"的情形。王维《观猎》有云："忽过新丰市，还归细柳营。"眼前情形又何等相似。十三陵前猎骑纵横，但这种意气风发的场面又能持续多久呢？

清平乐

弹琴峡题壁

冷冷彻夜，谁是知音者？如梦前朝何处也，一曲边愁难写。　　极天关塞云中，人随落雁西风。唤取红襟翠袖，莫教泪洒英雄。

赏析

词或作于康熙十五年（1676）十月。《大清一统志·顺天府》载："弹琴峡，在昌平州西北居庸关内，水流石罅，声若弹琴。"容若途经弹琴峡，听水声潺潺，似琴声悠悠，恍然若有所感。千百年来，这声音一直没有停息，它究竟为谁而鸣？谁又能够懂得它的寂寞呢？不惜歌者苦，但伤知音稀。多少英雄，蹭蹬失志，泪洒西风。他们的怅惘与辛酸，似乎都包容在这琴声中了。

"唤取红襟翠袖"两句，来自辛弃疾《水龙吟》："倩何人唤取，红巾翠袖，揾英雄泪。"

忆王孙

西风一夜剪芭蕉，满眼芳菲总寂寥。强把心情付浊醪，读《离骚》，洗尽秋江日夜潮。

赏析

一夜西风肆虐，折断了房前的芭蕉，眼前萧瑟的景色，令人备感寂寥。秋江日夜奔腾，潮水澎湃，他心潮起伏，唯有借饮酒、读《离骚》来平息自己内心的苦闷。六朝尚清谈，以饮酒、读《离骚》，无所事事为名士风采。

《世说新语·任诞篇》中王孝伯说：名士不必须奇才，但使常得无事，痛饮酒，熟读《离骚》，便可成名士。词人希望成为这种无所事事的清闲名士吗？显然不是。他满怀壮志却请缨无路，无可奈何之下，只好借此自嘲。

金缕曲

赠梁汾

德也狂生耳！偶然间、缁尘京国，乌衣门第。有酒惟浇赵州土，谁会成生此意？不信道、遂成知己。青眼高歌俱未老，向樽前、拭尽英雄泪。君不见，月如水。　　共君此夜须沉醉。且由他、蛾眉谣诼，古今同忌。身世悠悠何足问，冷笑置之而已。寻思起、从头翻悔。一日心期千劫在，后身缘、恐结他生里。然诺重，君须记。

赏析

顾贞观（1637—1714），字华峰，号梁汾，江苏无锡人，康熙十五年（1676）馆于纳兰相国家，与容若遂成忘年交。是词作于两人初见时。上片言风尘京洛，乍逢知己，青眼相加，门第并不能成为障碍；下片说两人以心相许，郑重约为知己，哪怕横遭风波，情谊不会动摇。他人嗤笑质疑，但冷笑置之而已。是词为容若成名之作，慷慨淋漓，跌宕生姿，与他词之凄婉缠绵颇为不同，将重交谊、笃友情之执着展露无遗。故傅庚生以为"其率真无饰，至令人惊绝。率真则疏快而不滞，不滞则见赋于天者，可以显现而无遗，生香天色，此其是已"（《中国文学欣赏举隅》）。

金缕曲

简梁汾，时方为吴汉槎作归计

洒尽无端泪。莫因他、琼楼寂寞，误来人世。信道痴儿多厚福，谁遣偏生明慧。莫更著、浮名相累。仕宦何妨如断梗，只那将、声影供群吠。天欲问，且休矣。　　情深我自判憔悴。转丁宁、香怜易爇，玉怜轻碎。羡杀软红尘里客，一味醉生梦死。歌与哭、任猜何意。绝塞生还吴季子，算眼前、此外皆闲事。知我者，梁汾耳。

赏析

　　是词副题又作"简梁汾，时方为吴汉槎作归计"。吴兆骞（1631—1684），字汉槎，吴江人，以顺治十四年（1657）江南乡试案，流放宁古塔（今黑龙江省宁安市）。康熙十五年（1676），顾贞观填写了两首《金缕曲》，寄给身处流放之地的吴汉槎。容若见后，为两人友情所感动，于是主动提出将吴汉槎解救出来。在容若的帮助下，五年后吴兆骞得以被遣还。

　　这首词即为容若得知吴兆骞一事之后所作。上片安慰顾贞观不要过于伤感，不要因朋友身处困境而悲观绝望。自古以来，痴顽之人往往多福，聪慧者却会为浮名所累，会为他人所嫉妒遭到中伤。下片郑重许下诺言，说顾贞观与吴汉槎两人深厚的情谊是极其难得的，让滚滚红尘中那些一味醉生梦死之人羡慕不已，所以值得珍惜与呵护，他也深深为之感动，此后定会把让吴汉槎生还作为最急切之事，请友人顾贞观充分相信他。

地濕沙青兩後天墻頭
春杏正鮮妍水邊新燕啣
泥蘸花下蜻蜓戲藥先
買醉江南好亭榭放歌曲
裏快騚蹬一枝我意簪冠
去且與狂夫是為聯
苦瓜老人雨花深雪

清 石涛 花卉图

东风第一枝

桃花

薄劣东风,凄其夜雨,晓来依旧庭院。多情前度崔郎,应叹去年人面。湘帘乍卷,早迷了、画梁栖燕。最娇人、清晓莺啼,飞去一枝犹颤。 背山郭、黄昏开遍。想孤影、夕阳一片。是谁移向亭皋,伴取晕眉青眼。五更风雨,莫减却、春光一线。傍荔墙、牵惹游丝,昨夜绛楼难辨。

赏析

词咏桃花。上片说,夜来闻有风雨之声,心情恶劣,不禁暗自揪心,桃花是否红瘦依旧。清晨卷起门帘,来到院外探望,但见莺啼燕啭,桃花依旧笑于春风之中,心中顿时坦然。孟棨《本事诗·情感》记载,唐人崔护清明郊游,至村居求饮。有女持水至,含情倚桃伫立。第二年清明再游访,门庭如故,人去室空,于是题诗:"去年今日此门中,人面桃花相映红。人面不知何处去,桃花依旧笑春风。"

下片说,山郭下有一大片桃树林,桃花开得颇为灿烂。不知是谁从那里移来一株桃树,种在水边的平地,在夕阳下它格外孤寂。希望五更的风风雨雨,不要吹损哪怕一朵桃花,因为杜甫在《曲江二首》之一中说过:"一片花飞减却春,风飘万点正愁人。"紧靠着薛荔墙这株桃树,牵惹了众多飘荡的蜘蛛丝,在昨夜与绛楼打成一片。

鬓云松令

枕函香，花径漏。依约相逢，絮语黄昏后。时节薄寒人病酒，划地东风，彻夜梨花瘦。　掩银屏，垂翠袖。何处吹萧，脉脉情微逗。肠断月明红豆蔻，月似当时，人似当时否？

赏析

词写刻骨相思而造成的迷离之感。一夜东风起，满地梨花堆积，春天业已过去，但小径旁随风起舞的柳条，还残留着丝丝春意。佳人早已远离，但仔细嗅去，枕上分明还留有她的余香。在黄昏中，她仿佛缓步走来，要与我低声絮语。当年银屏掩映，翠袖低垂，在隐约飘渺的萧声中，正值豆蔻年华的她含情脉脉，让人怦然心动。如今明月依旧，她还是那副纯真的神态吗？

红豆蔻，注者多以为象征比翼连理，范成大《桂海虞衡志·志花》："红豆蔻花丛生，叶瘦如碧芦。春末发，初开花先抽一干，有大箨包之。箨解花见，一穗数十蕊，淡红鲜妍如桃杏花色。蕊重则下垂如葡萄，……每蕊心有两瓣相并，词人托兴日比连理云。"但此处写离别相思，或暗用杜牧《赠别》"娉娉袅袅十三余，豆蔻梢头二月初"诗意。

明 沈周 京江送别图

大酺

寄梁汾

　　只一炉烟，一窗月，断送朱颜如许。韶光犹在眼，怪无端吹上，几分尘土。手捻残枝，沉吟往事，浑似前生无据。鳞鸿凭谁寄，想天涯只影，凄风苦雨。便研损吴绫，啼沾蜀纸，有谁同赋。　　当时不是错，好花月、合受天公妒。准拟倩、春归燕子，说与从头，争教他、会人言语。万一离魂遇，偏梦被、冷香萦住。刚听得、城头鼓。相思何益？待把来生祝取，慧业相同一处。

赏析

　　此词大约作于康熙十六年（1677）顾贞观南归后不久，距离前两首《金缕曲》"赠梁汾""再赠梁汾"，时日不会太长，因为词意较为连贯，都表达出了两人友情的坚贞，坚信那是前缘命定，并不会受到外界风风雨雨的影响。不过，由于顾贞观的远行，此词更侧重于思念之情的摹写。

　　上片说与好友结识后，颇为投契，感觉十分熟识，好似前生的老友。自从梁汾南归，自己整日与窗前月、炉中烟为伍，顿感百无聊赖，世事煎熬。想到友人也是飘零江湖，在凄风苦雨中流荡，无数的感触，不知向谁诉说。下片说两人的这份情谊，连天公都有些嫉妒了，所以让两人各自西东。可惜友人南归，自己不能如离魂倩女，远随而至，因此就准备让燕子学会言语，等待春归时带去问候。夜晚自己就这样漫无边际地想着，直到拂晓城角又传来鼓角之声，看来唯一可行的只有期待来生两人生在一家了。

　　慧业，即来生有智慧的业缘。王彦泓《龙友尊慈七十寿歌》有诗句："故应不羡生天福，慧业文人聚一家。"

青衫湿遍

悼亡

青衫湿遍，凭伊慰我，忍便相忘。半月前头扶病，剪刀声、犹在银釭。忆生来、小胆怯空房。到而今、独伴梨花影，冷冥冥、尽意凄凉。愿指魂兮识路，教寻梦也回廊。　　咫尺玉钩斜路，一般消受，蔓草残阳。判把长眠滴醒，和清泪、搅入椒浆。怕幽泉、还为我神伤。道书生、薄命宜将息，再休耽、怨粉愁香。料得重圆密誓，难禁寸裂柔肠。

赏析

纳兰性德前妻卢氏卒于康熙十六年（1677）五月三十日，此词作于卢氏卒后半月之间。起手写记起卢氏临终前的安慰之语，禁不住泪水湿透青衫。你说要我们从此相忘，可你的一片真情，又如何忘记得了？半月前你扶着病体，在灯下缝制衣服的情形，又闪现在眼前。你生性胆小，一个人呆在空房子里就会害怕。如今独自躺在幽暗的灵柩中，与清冷的梨花为伍，这无尽的黑暗与凄凉，你又如何承受？真希望能够为你的魂魄指引道路，让你寻梦般地找到回廊——往日我们相拥的地方。

下片继续写对亡妻的不舍与牵挂。词人说你我虽近在咫尺，同样面临夕阳残照，荒原蔓草，但毕竟阴阳殊途。我想用一串串热泪，把你从长眠中唤醒，又怕醒来的你嗔怪，说我这薄命的书生应该好好保重，不能再耽于儿女之情了。可记起当年终身厮守

清 王鉴　山水图

的誓言，又怎能不悲痛欲绝?

　　玉钩斜，隋炀帝葬埋宫女的地方，在扬州。椒浆，以椒实浸
制的酒浆，或用以祭奠，《楚辞·东皇太一》："蕙肴蒸兮兰藉，
奠桂酒兮椒浆。"

鹊桥仙

七夕

乞巧楼空，影娥池冷，佳节只供愁叹。丁宁休曝旧罗衣，忆素手、为予缝绽。　　莲粉飘红，菱丝翳碧，仰见明星空烂。亲持钿合梦中来，信天上、人间非幻。

赏析

词为七夕悼念亡妻而作。上片写物是人非，触景伤情。爱妻一去，便带走了所有的欢愉，连天上人间齐欢欣的七夕，也从此冷冷清清，惨惨凄凄。那些她一针一线缝制的旧罗衣，也就此深藏在箱底，怕翻检出来，勾起难堪的回忆。影娥池，汉代未央宫之池名，据《三辅黄图》所载，汉武帝在望鹄台西建俯月台，台下穿池，月影入池中，使宫人乘舟弄月影，因名影娥池。

下片写因思成梦，移情入景。梦中爱妻手持金钿而来，分明是在告诉他不用伤心，两人会有重逢之时。词尾两句，源自白居易《长恨歌》："惟将旧物表深情，钿合金钗寄将去。钗留一股合一扇，钗擘黄金合分钿。但令心似金钿坚，天上人间会相见。"

沁园春

丁巳重阳前三日，梦亡妇淡妆素服，执手哽咽，语多不复能记。但临别有云："衔恨愿为天上月，年年犹得向郎圆。"妇素未工诗，不知何以得此也。觉后感赋。

瞬息浮生，薄命如斯，低徊怎忘。记绣榻闲时，并吹红雨；雕阑曲处，同倚斜阳。梦好难留，诗残莫续，赢得更深哭一场。遗容在，只灵飙一转，未许端详。　　重寻碧落茫茫。料短发、朝来定有霜。便人间天上，尘缘未断，春花秋叶，触绪还伤。欲结绸缪，翻惊摇落，减尽荀衣昨日香。真无奈，倩声声邻笛，谱出回肠。

赏析

丁巳重阳前三日，即康熙十六年（1677）农历九月初六日。纳兰之妻卢氏亡于该年五月三十日，四个月后，词人梦见其妻淡妆素服而来，并留下了"衔恨愿为天上月，年年犹得向郎圆"诗句。据词序所言，前人多以此为记梦之作，并将之与苏轼的《江城子·记梦》相提并论，实则该词对梦境着墨不多，与苏词并无太多相近之处。词人所着力描绘的，是梦醒后对往日生活细节的回忆，以及由此带来的伤感怅惘。

梦中亡妇执手哽咽，固然令人心碎，而由此牵动出的"并吹红雨""同倚斜阳"那些属于两人共有的画面，对词人而言如梦境一般难以挽留。春花秋月，往事尽在心头。他上穷碧落下黄泉，四处所寻觅的，也是期待回到这样温馨的场面中。亡妇前来反复叮咛，是梦；往日情事，更如梦。荀衣香，本指荀或到他人家坐时留有三日余香，这里暗喻亡妻的生活痕迹。词尾"邻笛"两句，出自晋人向秀《思旧赋序》："余与嵇康、吕安居止接近。其人并有不羁之才。嵇意远而疏，吕心旷而放。其后各以事见法。……余逝将西迈，经其旧庐。于时日薄虞渊，寒冰凄然。邻人有吹笛者，发声寥亮。追思曩昔游宴之好，感音而叹，故作赋云。"

清 恽寿平 枇杷图

于中好

十月初四夜风雨，其明日是亡妇生辰。

尘满疏帘素带飘，真成暗度可怜宵。几回偷拭青衫泪，忽傍犀奁见翠翘。　　惟有恨，转无聊。五更依旧落花朝。衰杨叶尽丝难尽，冷雨凄风打画桥。

赏析

这首悼亡之词，语虽凄婉，却不凄厉。揣测其语气，当为卢氏卒后不久。词人开篇就说，没有想到我真的成了一个可怜之人，在寂寞中度过漫漫长夜。虽然爱侣离去之日，就已经做好了思想准备，可当这一天真正来临时，自己还是无法面对。瞥见亡妻用过的饰物，望着无人打理而布满灰尘的帘幕，惟有偷偷揩拭眼泪。又是一年落花季节，又是风雨飘过画桥。花落人亡，思念却无法断绝。凄风苦雨，平添多少愁绪。

犀奁，以犀角为装饰的梳妆盒。翠翘，女子的首饰，状似翠鸟尾上的长羽。

生查子

惆怅彩云飞，碧落知何许。不见合欢花，空倚相思树。　　总是别时情，那待分明语。判得最长宵，数尽厌厌雨。

赏析

此词一本有副题"感旧"，词中所感怀的显然是当日别离之痛。昔日欢会，无数甜蜜，无限温馨；今日相思，无数苦痛，无限凄楚。别离之情景，令人撕心裂肺，不愿记起却总难忘记。所爱之人，真如彩云流散，不知飞向何处，只剩下自己一人中夜伫立，听那连绵细雨点点滴滴，从夜半到天明。容若词中有以"彩云飞"暗指妻子亡故，此词亦或是悼亡，故有碧落不知何处之感。

碧落，泛指天上。厌厌，连绵不绝。冯延巳《长相思》词："红满枝，绿满枝，宿雨厌厌睡起迟。"

菩萨蛮

　　晶帘一片伤心白，云鬟香雾成遥隔。无语问添衣，桐阴月已西。　　西风鸣络纬，不许愁人睡。只是去年秋，如何泪欲流。

赏析

　　此词当为悼亡之作。月色皎洁，词人徘徊难眠，想起阴阳相隔的爱侣，不禁黯然神伤。当年杜甫月夜怀人，毕竟有相见之日。爱侣一去，冷暖自知，再也听不到嘘寒问暖的喁喁之声。想起去年此时的关怀，对照今日眼前的孤寂，如何不潸然泪下。

　　"云鬟香雾"，出自杜甫《月夜》诗："香雾云鬟湿，清辉玉臂寒。"络纬，即蟋蟀，又称促织、莎鸡、纺织娘等。

鹧鸪天

离恨

背立盈盈故作羞，手挼梅蕊打肩头。欲将离恨寻郎说，待得郎来恨却休。　　云澹澹，水悠悠，一声横笛锁空楼。何时共泛春溪月，断岸垂杨一叶舟。

赏析

容若词中多处以"盈盈"写女子娇羞袅娜之态，都饶有风致，别具烂漫灵动之趣。此词写离情，写相思，不同于以往的低徊黯然而显得轻盈活泼，不失民歌风味。开篇所言"故作羞"，可见是不知愁滋味而强作愁，"手挼梅蕊打肩头"亦可见年轻之态，故虽与情郎分离而并未谙尽孤独滋味，所以情郎归来就会将离情抛之脑后。风淡云轻，笛锁空楼，并没有让她有太多沉重之感。想到情郎一旦归来，可以在断岸边，垂柳下，与他一叶扁舟，共泛春溪，这种期待带来的更是甜蜜。

"一声横笛锁空楼"，化用唐人赵嘏《长安晚秋》中的名句"残星几点雁横塞，长笛一声人倚楼"，可谓妙合无痕。

宋 佚名 桃枝栖雀图

菩萨蛮

　　黄云紫塞三千里，女墙西畔啼乌起。落日万山寒，萧萧猎马还。　　笳声听不得，入夜空城黑。秋梦不归家，残灯落碎花。

赏析

　　词写羁旅情怀，慷慨苍凉，与纳兰平昔词风略异。紫塞，即北方边塞。崔豹《古今注·都邑》："秦筑长城，土色皆紫，汉塞亦然，故称紫塞焉。"词人来到边关，但见黄沙飞舞，铺天盖地。夕阳下，万山萧索，静穆无声；原野上，猎马缓步归来，嘶鸣时起。夜深人静，明亮的月光拂过女墙，引来寒鸦一阵骚动。拂晓城头画角悲鸣，旅人梦中醒来，满腹惆怅，独坐灯下，对落花，听残漏，思归家。

清平乐

角声哀咽，襆被驮残月。过去华年如电掣，禁得番番离别。　　一鞭冲破黄埃，乱山影里徘徊。蓦忆去年今日，十三陵下归来。

赏析

词写行役之苦，或当作于康熙十六年（1677）。画角哀鸣声中，马裹行囊，昼夜兼程。猛下一鞭，才冲破阵阵黄尘，又进入群山之中。这样日复一日，感觉自己的大好年华就如此这般在奔波中虚掷。怨念刚刚萌发，又猛然想起，去年今日，自己正从十三陵归来。

襆被，用包袱裹束衣被。《晋书·魏舒传》："（魏舒）入为尚书郎。时欲沙汰郎官，非其才者罢之。舒曰：'吾即其人也。'襆被而出。同僚素无清论者咸有愧色，谈者称之。"

虞美人

　　春情只到梨花薄，片片催零落。夕阳何事近黄昏，不道人间犹有未招魂。　　银笺别记当时句，密绾同心苣。为伊判作梦中人，长向画图清夜唤真真。

赏析

　　词为悼亡。上片语带双关，以景寓情。暮春时节，洁白的梨花片片飞落，好像在为春天的逝去而哭泣，又似乎在为那些新亡之人而招魂。下片抒写感喟。当日海誓山盟，以为既结同心，当能生则同室，死则同穴，没想到转眼阴阳殊途。为了能再次相逢，我甘愿做痴梦中人，对着画像天天念你的名字，希望能够把你从画中唤出。

　　杜荀鹤《松窗杂记》记载，唐朝进士赵颜得到一幅仕女图，所画之女据说名为真真，于是他每天对着画像呼唤真真，最后使真真从画中走出来与他相聚。范成大诗《戏题赵从善两画轴》有云："情知别有真真在，试与千呼万唤看。"同心苣，有同心苣状图案的同心结。

蝶恋花

　辛苦最怜天上月，一昔如环，昔昔都成玦。若似月轮终皎洁，不辞冰雪为卿热。　　无那尘缘容易绝，燕子依然，软踏帘钩说。唱罢秋坟愁未歇，春丛认取双栖蝶。

赏析

　词为月下悼亡之作，前人曾评之为"思幽近鬼"，实则是痴念苦想而已。望月怀远，是古诗词的传统题材，但人既在远方，总有几分团聚的希望，也多少会带来几分温馨。不过对于容若而言，则只有绝望与感慨了。他感慨快乐幸福的日子是那样短暂，正如天上的月亮，只有一夕团圆，其他夜夜变成了遗憾。他感叹这种遗憾无法避免，正如天上的月亮不能始终圆满，哪怕他想如当年的荀粲那样，用自己的身体来为对方送去温暖，依然无法换来两人的长相厮守。尘缘如此之短，再凄苦的词作也无法表达出他的悲伤。他唯一能企盼的，只有与妻子同化身为蝴蝶，在花丛中双宿双飞了。

　昔昔，即夕夕。"不辞冰雪为卿热"，事见《世说新语·惑溺》："荀奉倩（粲）与妇至笃，冬月妇病热，乃出中庭，自取冷还，以身熨之。"唱罢秋坟，语见李贺《秋来》："秋坟鬼唱鲍家诗，恨血千年土中碧。"双栖蝶，彭大翼《山堂肆考》有云："俗传大蝶必成双，乃梁山伯、祝英台之魂，又韩凭夫妇之魂。"

浪淘沙

　　红影湿幽窗，瘦尽春光，雨余花外却斜阳。谁见薄衫低髻子，抱膝思量。　　莫道不凄凉，早近持觞。暗思何事断人肠。曾是向他春梦里，瞥遇回廊。

赏析

　　此词见载于《今词初集》，或以为当作于康熙十六年前后。一本有副题"无题"，说明内容与不能明说、不愿明说又不得不说的情事有关。"回廊"也是容若情词中反复出现的一个地方，似乎代表着他难堪的情事，每次出现在词中，就使他黯然肠断。而这里是春梦"瞥遇"回廊，虽然终于遇见了苦苦等待的人，但那只是惊鸿一瞥，如今想来真是恍如梦中，这又怎能不让人备感凄凉？情人的身影如此模糊，难道连那些刻骨铭心的情感也被人搁置起来而变得模糊了么？而那雨后夕阳之下，一袭春衫，低头抱膝，沉思不语的瘦弱身影，又有谁去怜惜呢？

雨郭烟村白水環迷
離紅葉間蒼山恍聞谷
口清猨喚良巘秋光想
像間　御題

北宋　赵佶　溪山秋色图

浣溪沙

伏雨朝寒愁不胜，那能还傍杏花行。去年高摘斗轻盈。　　漫惹炉烟双袖紫，空将酒晕一衫青。人间何处问多情。

赏析

去年春日，在杏花飞满头之时，曾与佳人同处嬉游。今年春来，细雨连绵，清晨寒意颇重，轻身上树摘花的佳人已不可见，倍觉惆怅，只得身着青衫，独酌遣闷。世间之大，竟无处安放这一份炽热的情感。

伏雨，连绵不断之雨。

忆桃源慢

斜倚熏笼，隔帘寒彻，彻夜寒于水。离魂何处，一片月明千里。两地凄凉多少恨，分付药炉烟细。近来情绪，非关病酒，如何拥鼻长如醉。转寻思、不如睡也，看道夜深怎睡。　　几年消息沉浮，把朱颜、顿成憔悴。纸窗风裂，寒到个人衾被。篆字香消灯烛冷，忽听寒鸿嘹唳。加餐千万，寄声珍重，而今始会当时意。早摧人、一更更漏，残雪月华满地。

赏析

　　词为怀人之作，因见载于《今词初集》，作期当在康熙十七年（1678）之前。红颜未老，就谙尽离别滋味。斜倚熏笼，独坐到天明。帘外明月一片，绵绵相思千里，两地酝酿多少离情别恨。分别多年，音容渺茫，消息隔绝，幽思成疾，终日与药炉为伴，朱颜日渐憔悴。夜深不眠，篆字香消，灯烛黯淡，正独自伤心凄楚，忽听得飞鸿一声，便希望带去自己的祝福。当日离别的叮咛，如今才一一体会。

　　"斜倚熏笼"，化用白居易《后宫词》诗句"红颜未老恩先断，斜倚熏笼坐到明"；"近来情绪，非关病酒"，出自李清照词《凤凰台上忆吹箫》"新来瘦，非干病酒，不是悲秋"：都表现出了一种忐忑不安的焦虑情绪。拥鼻，这里指低声吟咏。《晋书·谢安传》："（谢）安本能为洛下书生咏，有鼻疾，故其音浊，名流爱其咏而弗能及，或手掩鼻以效之。"

青衫湿

悼亡

近来无限伤心事，谁与话长更？从教分付，绿窗红泪，早雁初莺。　　当时领略，而今断送，总负多情。忽疑君到，漆灯风颭，痴数春星。

赏析

词写妻子卢氏归葬后的怅然心绪，顾贞观认为它"一种凄婉处，令人不忍卒读"。痛失爱侣，知己难以寻觅，心中无限伤心之事，再也无处倾诉。春去秋来，花开花落，早雁初莺，风暖杏黄，万般感喟也无人慰抚。倘若先前知晓今日凄楚，必定加倍珍惜爱人当时的细心与体贴，不辜负这番情意。夜黑如漆，微风吹拂，星星点点，跳动闪烁，恍惚中，爱侣似乎又回到了身边，原来她也不忍心离开自己。

海棠月

瓶梅

重檐淡月浑如水。浸寒香、一片小窗里。双鱼冻合，似曾伴、个人无寐。横眸处，索笑而今已矣。　　与谁更拥灯前髻。乍横斜、疏影疑飞坠。铜瓶小注，休教近、麝炉烟气。酬伊也，几点夜深清泪。

赏析

词当作于卢氏亡故后不久。词人睹物思人，看见寒梅，忆起往日与爱侣盘桓在瓶梅之旁的时光，不禁清泪滑落。上片说淡月如钩天如水，寒气四溢，连双鱼洗都冻住了。在这凄冷的日子里，唯独梅花不惧严寒，傲然绽放，让它的芬香透过层层帘幕四处飘散。只可惜佳人已去，再也不能与她欣赏这冷蕊疏枝。故嗅到芬香，也只一眼瞥去，提不起盎然兴致。下片写梅花依然疏影低昂，引起十分怜惜，却无人更与灯前拥髻，所以不敢靠近端详。夜深人静的时候，惟有用数行清泪，酬谢它对自己的安慰。

拥髻，捧持发髻，多指夫妇相聚话旧。旧题汉伶玄《赵飞燕外传》附《伶玄自叙》："通德占袖，顾视烛影，以手拥髻，凄然泣下。"双鱼洗，刻有双鱼形象的洗手器。横斜、疏影，指梅花，林逋《山园小梅》："疏影横斜水清浅，暗香浮动月黄昏。"

南歌子

　　暖护樱桃蕊，寒翻蛱蝶翎。东风吹绿渐冥冥，不信一生憔悴、伴啼莺。　　素影飘残月，香丝拂绮棂。百花迢递玉钗声，索向绿窗寻梦、寄余生。

赏析

　　词为悼念卢氏而作，作期当在康熙十七年（1678）春。又是一年春来到，翻飞的蛱蝶犹带着丝丝寒意，而和暖的春风已经开始呵护绽放的花蕊了。就在春风吹绿的时候，伴随着莺啼燕唤，浸入词人心脾的却是阵阵凄凉。更令他悲怆的是，佳人已去，他的余生就这样将在每年一度的折磨中度过了。夜晚时分，朦胧的月色里柳丝飘拂，词人似乎看见妻子的身影飘然而至，耳畔还有玉钗撞击的声响，但这终究只是他的梦而已。而这梦，则是他今生唯一的寄托了。

南歌子

翠袖凝寒薄，帘衣入夜空。病容扶起月明中，惹得一丝残篆，旧薰笼。　　暗觉欢期过，遥知别恨同。疏花已是不禁风，那更夜深清露，湿愁红。

赏析

据词中所言"欢期过""别恨同"等，此篇当是写病中相思之苦。黑夜沉沉，寒气渐重，室内佳人强扶病体，斜倚床头，静静地望着悬挂在夜空的残月。残香燃尽，薰笼将灭，她犹自不肯歇息。春已暮，花已残，叶已疏，微风一过，落英满地。她暗自怜惜，这样娇弱的身体，本不堪疾病折磨，又加上离愁别恨的纠缠，如何挨得过残春？

山花子

风絮飘残已化萍，泥莲刚倩藕丝萦。珍重别拈香一瓣，记前生。　　人到情多情转薄，而今真个悔多情。又到断肠回首处，泪偷零。

赏析

唐人杜牧《赠别二首》其二有诗句云："多情却似总无情，唯觉樽前笑不成。"词人也认为，多情却似总无情，人到情多转无情。爱到深处，这浓烈的情感，无论怎样都觉得难以表现出来，越是多情，便越显得无情；情到浓处，这纯洁的情感便经不起丝毫损伤，爱得越深，失去爱后的伤害便越大，巨大的痛苦往往则使人变得麻木。

想到失去爱侣后那种撕心裂肺的痛苦，词人禁不住开始埋怨自己，为什么当初要爱得那么深沉？每每回首往事，泪水便不由自主地随风飘零，即使时间也难以治愈这巨大的伤痕，好比柳絮飘残又被绿水托起，红藕香残而丝丝相连。他极力想忘记过去，但那一缕情思总是会从心底泛起。唯一能够治愈这相思之苦的，看来只有拈香一瓣，来生再续前缘，今生则注定要在断肠中度过了。

山花子

欲话心情梦已阑，镜中依约见春山。方悔从前真草草，等闲看。　　环佩只应归月下，钿钗何意寄人间。多少滴残红蜡泪，几时干。

赏析

词写梦醒时分的伤感。梦中亡妻前来相会，极为喜悦，正要把妻子离去后的心事好好诉说，梦却已破碎。醒来不胜酸楚，惶然四望，室内尽是妻子用过的遗物，梳妆镜中似乎又露出了她的容颜。但词人清楚地知道，斯人已逝，一切都已经无法更改，纵使月下归来，也只是她的魂魄而已，何况所谓"天上人间会相见"只是安慰之词。早知会成生离死别，就应该好好珍惜相聚的日子，免得如今在风中流泪，痛悔不已。

"环佩只应归月下"一句，化用杜甫《咏怀古迹五首》之三所言"画图省识春风面，环珮空归月夜魂"。"钿钗何意寄人间"一句，用白居易《长恨歌》"惟将旧物表深情，钿合金钗寄将去。钗留一股合一扇，钗擘黄金合分钿。但令心似金钿坚，天上人间会相见"之意。"多少滴残红蜡泪，几时干"，熔铸李商隐《无题》"春蚕到死丝方尽，蜡炬成灰泪始干"诗意。

金缕曲

生怕芳樽满。到更深、迷离醉影，残灯相伴。依旧回廊新月在，不定竹声撩乱。问愁与、春宵长短。人比疏花还寂寞，任红蕤、落尽应难管。向梦里，闻低唤。　此情拟倩东风浣。奈吹来、余香病酒，旋添一半。惜别江郎浑易瘦，更著轻寒轻暖。忆絮语、纵横茗椀。滴滴西窗红蜡泪，那时肠、早为而今断。任枕角，敧孤馆。

赏析

斜阳日暮，孤馆春寒，魂牵梦绕，肠牵梦断，借酒消愁，图一醉而不得。停灯向晓，抱影望月，相依坐到天明。忆及往日情事，不胜物是人非之感。当年明月在，依旧照着回廊，而佳人身在何处？西窗剪烛，喁喁絮絮，书房赌茶，神采飞扬，如今只剩下无数凄寒，任梨花落尽，无人怜惜。

江郎，南朝文人江淹，有《恨赋》《别赋》。纵横茗椀，见李清照《金石录后序》云："余性偶强记，每饭罢，坐归来堂烹茶，指堆积书史，言某事在某书某卷第几叶第几行，以中否角胜负，为饮茶先后。中即举杯大笑，至茶倾覆怀中，反不得饮而起。甘心老是乡矣。"西窗红蜡，见李商隐《夜雨寄北》："何当共剪西窗烛，却话巴山夜雨时。"

梢秋風萬葉飛林蹊苦徑步

瞳後聲歷落咻秋玉猶

徐鉦戯著衣

沈周

明　沈周　青綠山水圖

好事近

何路向家园，历历残山剩水。都把一春冷淡，到麦秋天气。　　料应重发隔年花，莫问花前事。纵使东风依旧，怕红颜不似。

赏析

　　词写羁旅情怀。离家万里，怅然无绪，山一程，水一程，令人疲惫，尤其是在暮春时节，更让人提不起半点精神。或许明年春暖花开，就会回到家园。但归去后又能如何呢？即使风景依旧，人却非昨日之人了。

　　"重发隔年花"，或可证此词为妻子卢氏亡故后次年所作，马令《南唐书·昭惠周后传》："（后主）又尝与后移植梅花于瑶光殿之西，及花时，后已殂，因成诗见意……云：'失却烟花主，东风自不知。清香更何用，犹发去年枝。'"麦秋，即麦子成熟的初夏时节。

寻芳草

萧寺记梦

客夜怎生过？梦相伴、绮窗吟和。薄嗔伴笑道，若不是恁凄凉，肯来么？　　来去苦匆匆，准拟待、晓钟敲破。乍偎人、一闪灯花堕，却对着、琉璃火。

赏析

此为记梦之词，写梦中的欢会调笑与醒后的惆怅。客居他乡，夜半枯坐，梦中伊人前来相伴，倚窗吟诗唱和。她娇嗔笑语道："若不是看你孤零零惨兮兮的，才不会来呢。"可惜好梦不长，原以为晨钟敲响才会让甜梦破碎，谁知伊人来去匆匆，灯花一落，即杳然而去。只剩下从梦中惊醒的词人，惨然地对着幽幽的灯烛。

此词或以为写别离情思，或以为梦见亡妻，当以后者为是。萧寺，佛寺，李肇《国史补》："梁武帝造寺，命萧子云飞白大书一'萧'字。"琉璃火，琉璃灯。

荷叶杯

帘卷落花如雪，烟月。谁在小红亭？玉钗敲竹乍闻声，风影略分明。　化作彩云飞去，何处？不隔枕函边，一声将息晓寒天，断肠又今年。

赏析

词为悼亡之作。"断肠又今年"，则当为卢氏卒后之次年，即康熙十七年。上片说自己落花如雪深的季节，仿佛又看见妻子的身影，隐约出现在小红亭——他们常携手相处的地方，用玉钗敲着青竹。不过，这只是他的幻想而已。下片说枕空函虚，妻子确实已经化着彩云飞去，惟有当日留下的一声将息，陪伴自己度过这凄冷的时节。

荷叶杯

知己一人谁是？已矣。赢得误他生，有情终古似无情，别语悔分明。　莫道芳时易度，朝暮。珍重好花天。为伊指点再来缘，疏雨洗遗钿。

赏析

容若《南乡子·为亡妇题照》有"别语忒分明"，此词作"别语悔分明"，均是悼念亡妻，不堪思念之苦。临别时究竟是什么样的话语，让他在伊人已去之后还难以释怀呢？前词说"卿自早醒侬自梦"，此词说"为伊指点再来缘"，可见亡妻临别所言，大约是此生已休，他生再聚，是希望再结来生缘，不必伤感与苦痛。而容若所念念不忘的，却是"再来缘"而非"再生缘"，这一生的情缘他仍然舍不得放弃，所以他感叹良辰美景奈何天，感叹朝朝暮暮在眼前，感叹多情总比无情苦，感叹他生未卜此生休。

清 恽寿平 牡丹图

浪淘沙

闷自剔残灯，暗雨空庭。潇潇已是不堪听，那更西风偏著意，做尽秋声。　　城柝已三更，欲睡还醒。薄寒中夜掩银屏，曾染戒香消俗念，莫又多情。

赏析

秋雨潇潇，空庭寂寥，灯下独坐，西风夜来，不胜落寞。城头传来三更鼓，犹自不能入梦来。曾经想方设法消去世情，如今依然为闲愁所困。词或作于康熙十七年（1678）前后，陈维崧有《浪淘沙·和容若韵》，可对看："凤胫蒸残灯，抹丽中庭。临歧摘阮要人听。不信一行金雁小，有许多声。今夜怯凉更，茶沸笙瓶。梦中梦好怕他醒。依旧刺桐花底去，无限心情。"

于中好

谁道阴山行路难，风毛雨血万人欢。松梢露点沾鹰
绁，芦叶溪深没马鞍。　　依树歇，映林看，黄羊高宴
簇金盘。萧萧一夕霜风紧，却拥貂裘怨早寒。

赏析

词写与扈从一同行猎与欢宴场面，对塞外瑰丽风光与奇异习
俗描写颇为生动。风毛雨血，万人齐声欢呼的盛大场面令人难忘。
猎鹰盘旋，溪没马鞍的行猎过程也让人印象深刻。而席地围坐，
痛饮高歌的欢宴，尤其让人留恋。这里的一切都让人新奇，甚至
连清晨的寒气都与他处不同。

临江仙

寄严荪友

别后闲情何所寄，初莺早雁相思。如今憔悴异当时。飘零心事，残月落花知。　　生小不知江上路，分明却到梁溪。匆匆刚欲话分携，香消梦冷，窗白一声鸡。

赏析

是词大约写于康熙十七年（1678）前后，寄与严绳孙，表达自己对他的思念之情。自从友人南归，早莺初雁，秋夜月明，春朝风动，无不引起他的思念。这种情绪是如此强烈，以至于他的梦魂也悄然踏上了陌生道路，飘飘悠悠寻觅到友人故里，与友人相聚。只可惜刚刚找到友人，还来不及倾诉别后之情，就为鸡鸣从梦中叫醒，这真令人怅惋。

临江仙

　　长记碧纱窗外语，秋风吹送归鸦。片帆从此寄尺涯。一灯新睡觉，思梦月初斜。　　便是欲归归未得，不如燕子还家。春云春水带轻霞。画船人似月，细雨落杨花。

赏析

　　词写羁旅情怀。上片追忆当日送别的场景。碧纱窗外，执手相看，喁喁叮嘱的情景反复萦绕在心头，尤其在漂泊天涯的舟中，夜半醒来，面对孤灯，抱膝而坐，抬头眺望斜挂天边的月牙儿。下片倾诉身不由己的无奈之感。有家难回，不由羡慕北归的燕子。南方虽好，春水春云，皓腕凝雪，画船雨眠，细雨落花，都令人陶醉，但都消释不了自己对家的惦念。

明 沈周　卧游图册（其一）

天仙子

梦里靡芜青一翦，玉郎经岁音书远。暗钟明月不归来，梁上燕，轻罗扇，好风又落桃花片。

赏析

此词写得轻清婉丽，写出了闺中人内心的惆怅寂寞，有淡淡哀愁而不失之凄厉，多檃栝前人语句而又明白如话，绰约蕴藉，故论者以为其遣词造句多与五代词人相近。靡芜，向来同女子凄苦的命运联系在一起。"上山采靡芜，下山逢故夫"（汉乐府《上山采靡芜》），这是被抛弃者的不甘；"相逢咏靡芜，辞宠悲团扇"（谢朓《和王主簿季哲怨情》），这是被遗忘者的凄楚。情人一去，音信渺茫，桃花落尽，柳絮翻飞，犹自未归，等待闺中人的命运是什么呢？梦里一翦靡芜，如何不叫她心痛！秋后的团扇，或许就是她的归宿。

如梦令

纤月黄昏庭院，语密翻教醉浅。知否那人心，旧恨新欢相半。谁见，谁见，珊枕泪痕红泫。

赏析

词写经年相见，思极而怨，喜极而泣。一别经年，今日得以相聚，在新月下，在黄昏时，在庭院中，时而举杯相饮，时而喁喁低语，缠绵的情话比醇厚的浓酒还让人陶醉。喜悦之中，佳人心里也夹杂着丝丝余恨，恨君没有早日归来，在寂寞中度过了多少凄楚的夜晚。珊瑚枕上那千行眼泪，不是相思之泪，而是恨君之泪。

如梦令

正是辘轳金井，满砌落花红冷。蓦地一相逢，心事眼波难定。谁省，谁省，从此簟纹灯影。

赏析

落花时节，辘轳声中，两人蓦然相逢，秋波一转，便从此情迷意乱，陷入相思苦恋之中，夜夜萦怀难眠。词写一见钟情，尤为生动。"新系青丝百尺绳，心在君家辘轳上。我心皎洁君不知，辘轳一转一惆怅。"（顾况《短歌行》）但自己有意，却不知晓对方是否有情，故心中不免有些忐忑。

清 恽寿平 湖山春暖图

如梦令

　　黄叶青苔归路，靥粉衣香何处。消息竟沉沉，今夜相思几许。秋雨，秋雨，一半因风吹去。

赏析

　　黄叶飘零，青苔丛生，当年与伊人聚会之所如今面目全非，佳人也一去杳无踪迹，不知残月晓风中伫立何处，泫然欲泣。缠绵秋雨，一半都为秋风所散去，而相思愁情，却越来越浓，越来越密，几乎要使人窒息。靥粉，放在鞋子里用以去味之香粉。

浣溪沙

大觉寺

　　燕垒空梁画壁寒，诸天花雨散幽关，篆香清梵有无间。　　蛱蝶乍从帘影度，樱桃半是鸟衔残。此时相对一忘言。

赏析

　　大觉寺，所指难以确定，或以为在京郊，或认为在河北。词人游览大觉寺时，古刹内一片空寂，壁画森严，清香飘拂空中，梵音若隐若现。寺院外蝴蝶翩翩起舞，鸟儿衔着樱桃飞来飞去，一片忙碌。此时此刻，词人若有所悟。

金缕曲

姜西溟言别，赋此赠之

谁复留君住。叹人生、几番离合，便成迟暮。最忆西窗同剪烛，却话家山夜雨。不道只、暂时相聚。衮衮长江萧萧木，送遥天、白雁哀鸣去。黄叶下，秋如许。　曰归因甚添愁绪。料强似、冷烟寒月，栖迟梵宇。一事伤心君落魄，两鬓飘萧未遇。有解忆、长安儿女。裘敝入门空太息，信古来、才命真相负。身世恨，共谁语。

清 恽寿平　海棠图

赏析

　　康熙十八年（1679），姜宸英因母丧而归，严绳孙有《金缕曲·送西溟奔母丧南归次韵》："此恨何当住。也须知、玉和生死，总成离阻。真使通都闻恸哭，废尽蓼莪诗句。算母子、寻常欢聚。秔稻登场春韭绿，便休论、万里封侯去。须富贵、竟何许。片帆触处成悲绪。问从今、樯乌堞燕，几番风雨。不尔置君天禄阁，未算人生奇遇。甚一种、世间儿女。画荻教成羞半豹，早高堂，鸾诰偏无负。天可问，傥相语。"容若此作，则不提及其母丧之事，从西溟不得志而归立论，为其落魄而伤心，为其不遇而黯然。他还感叹两人相聚不到一年，又要在黄叶飘零的秋天分离，无限的怅然只待来日相会时再来弥补。最终，容若劝慰说，西溟此次黯然归乡，固然令人痛惜，不过家中"有解忆"之儿女，总强似萧寺离索苦居。

　　是词多熔铸前人语句，除李商隐《夜雨寄北》、杜甫《登高》及《月夜》外，另"迟暮"见于屈原《离骚》"惟草木之零落兮，恐美人之迟暮"，"袚敝"见《战国策·秦策》，"才命"见李商隐《有感》"古来才命两相妨"。

潇湘雨

送西溟归慈溪

长安一夜雨，便添了、几分秋色。奈此际萧条，无端又听，渭城风笛。咫尺层城留不住，久相忘、到此偏相忆。依依白露丹枫，渐行渐远，天涯南北。　　凄寂。黔娄当日事，总名士、如何消得。只皂帽蹇驴，西风残照，倦游踪迹。廿载江南犹落拓，叹一人、知己终难觅。君须爱酒能诗，鉴湖无恙，一蓑一笠。

赏析

是词亦写于康熙十八年（1679）秋，与上篇同时而作。前两首赠西溟，多为其鸣不平，安慰与鼓励之意甚浓。是词略有不同，多抒写依依惜别之情，虽犹为其落拓江湖而惋惜，却无不有劝勉之意，所用黔娄及贺知章事，隐约可见容若之倾向。长安夜雨后，秋色更浓。此际相别，耳畔似乎又回荡起《渭城曲》。西风残照中，友人乘蹇驴，黯然回归故里。多年漂泊，不免倦游。斜风细雨，一蓑一笠，亦是人间乐事。

黔娄，战国时齐国人，家贫而不仕，死时衾不蔽体。鉴湖，在浙江省绍兴市西南，唐贺知章隐居之所。姜宸英的故乡慈溪，在绍兴东北。

虞美人

　　绿阴帘外梧桐影，玉虎牵金井。怕听啼鴂出帘迟，恰到年年今日两相思。　　凄凉满地红心草，此恨谁知道。待将幽忆寄新词，分付芭蕉风定月斜时。

赏析

　　金蟾啮锁，玉虎牵丝，梧桐青霜，啼鹃哀鸣。自从旧栖新垄两依依，年年今日，凄凉满怀，相思成灰。词为悼亡之作。"满地红心草"，见沈亚之《异梦录》："姚合曰：'吾友王炎者，元和初，夕梦游吴侍吴王。久之，闻宫中出辇，鸣箛吹箫击鼓，言葬西施。王悼悲不止，立诏词客作挽歌。炎遂应教诗曰：'西望吴王国，云书凤字牌。连江起珠帐，择水葬金钗。满地红心草，三层碧玉阶。春风无处所，凄恨不胜怀。'词进，王甚嘉之。及寤，能记其事。'"

蝶恋花

又到绿杨曾折处，不语垂鞭，踏遍清秋路。衰草连天无意绪，雁声远向萧关去。　　不恨天涯行役苦，只恨西风，吹梦成今古。明日客程还几许，沾衣况是新寒雨。

赏析

此词或以为是悼亡之作，或以为是抒写塞上行之离愁别恨，或以为是两者融合，即塞上行时思怀亡妻。首句即言"又到绿杨曾折处"，词中又言衰草连天，大雁南去，行役天涯，当是康熙十八年八月去梭龙之时。"绿杨曾折处"，是指他此年三月曾扈驾至奉天；秋日再出榆关，自然是"又到"，只不过此时情绪分外低落。凄风苦雨，路途遥远，心情自是灰暗。行役天涯，已觉格外凄苦，而世事无常，梦想失落，更使人难堪。

琵琶仙

中秋

碧海年年，试问取、冰轮为谁圆缺？吹到一片秋香，清辉了如雪。愁中看、好天良夜，争知道、尽成悲咽。只影而今，那堪重对，旧时明月。　　花径里、戏捉迷藏，曾惹下萧萧井梧叶。记否轻纨小扇，又几番凉热。只落得，填膺百感，总茫茫、不关离别。一任紫玉无情，夜寒吹裂。

赏析

中秋团圆之际，又想起亡妻，心中有无限悲凉。上片说青天中那一轮明月，到底是为谁而圆缺呢？月华明晰如雪，暗香浮动，如此好天良夜，带给词人的只是悲伤与哽咽。此时的他形单影只，怎堪面对天上的圆月？下片说旧时明月，曾见证多少温馨时刻，逢迎花径，戏捉迷藏，如今茕茕孑立，百感交集。

碧海，即青天。冰轮，指明月。秋香，多指桂花。紫玉，紫竹所制之笛。

明 仇英 临溪水阁图

采桑子

海天谁放冰轮满，惆怅离情。莫说离情，但值良宵总泪零。　　只应碧落重相见，那是今生。可奈今生，刚作愁时又忆卿。

赏析

词中言"碧落重相见"，则当为悼念爱侣之作。上片说爱妻亡故之后，每逢良辰，离情满怀，怅恨悠悠，尚是寻常蹊径；下片企盼碧落重逢，自是天外落笔，可谓情至之语，而随即一顿，言重逢已是来生之事，而今生无奈，便觉满纸萧索。结句脱口而出，情真语真，与"才下眉头，却上心头"同一机杼，不过一凄婉，一悠然。

踏莎行

倚柳题笺，当花侧帽，赏心应比驱驰好。错教双鬓受东风，看吹绿影成丝早。　　金殿寒鸦，玉阶春草，就中冷暖和谁道。小楼明月镇长闲，人生何事缁尘老。

赏析

一本有副题"寄见阳"。康熙十六年秋冬间，容若充乾清门三等侍卫，两年后友人张纯修出令江华，是词当作于此后，透露出容若不堪驱使，厌倦扈从生涯的情绪。词中言傍柳题诗，穿花劝酒，自是赏心乐事，可惜时日无多，这样的生活还没有充分享受，就不得不早早出仕，奔波劳顿，耗费岁月。金殿之寒鸦，玉阶之春草，看起来光鲜荣耀，其凄苦愁怨却无处诉说。小楼明月的悠闲生活，才是他所喜欢的，可眼下又不得不在名利场中穿梭，如何不让人感到疲惫？

一丛花

咏并蒂莲

阑珊玉佩罢霓裳，相对绾红妆。藕丝风送凌波去，又低头、软语商量。一种情深，十分心苦，脉脉背斜阳。　　色香空尽转生香，明月小银塘。桃根桃叶终相守，伴殷勤、双宿鸳鸯。菰米漂残，沉云乍黑，同梦寄潇湘。

赏析

词为酬唱之作，当作于康熙十八年（1679）秋，时顾贞观南下返京后不久，同时酬唱者还有严绳孙等。诸作之中，容若词最为低沉伤感。"一种情深，十分心苦"，写尽郁悒之情。所谓桃根桃叶、鸳鸯双宿等，皆用来形容友情，期待始终不渝。张敦颐《六朝事迹类编》："桃叶者，晋王献之爱妾名也，其妹曰桃根。"

此外，严绳孙之词与容若情怀最为接近，但绘景摹态不如纳兰词生动贴切，可对读："画桡昨夜过横塘，两两见红妆。丝牵心苦浑闲事，甚亭亭、别是难忘。淡月层城，影娥池馆，生小怕凄凉。而今稽首祝空王，便落也双双。露寒烟远知何处，妥红衣、忽认余香。那夜帘栊，双纹绣帖，有尔伴鸳鸯。"

渔父

　　收却纶竿落照红，秋风宁为剪芙蓉。人淡淡，水蒙蒙，
吹入芦花短笛中。

赏析

　　清代画家徐轨（1636—1708）曾于康熙十四年作《枫江渔父图》，康熙十七年携图入京，其后名流多有题咏。毛际可《枫江渔父图记》云："图修广不盈幅，烟波浩荡，有咫尺千里之势。舟中贮酒一瓮，图书数十卷，虹亭（徐轨）纶竿箬笠，箕踞徜徉。"

　　容若此词，写其西风夕阳中垂钓芦花深处之风采。唐圭璋《梦桐词话》卷二以为此词可与张志和《渔歌子》并传不朽。

明　蓝瑛　溪亭秋晚

百字令

绿杨飞絮，叹沉沉院落、春归何许。尽日缁尘吹绮陌，迷却梦游归路。世事悠悠，生涯未是，醉眼斜阳暮。伤心怕问，断魂何处金鼓。　　夜来月色如银，和衣独拥，花影疏窗度。脉脉此情谁识得，又道故人别去。细数落花，更阑未睡，别是闲情绪。闻余长叹，西廊惟有鹦鹉。

赏析

词为故友远行而作。在绿叶成荫、柳絮漫天飞舞的时刻，友人踏上征尘，前往金戈铁马之处，这不能不令词人揪心。在银色的月光下，词人为离别的愁绪所困扰，和衣独坐，细数落花，长吁短叹。

金缕曲

亡妇忌日有感

　　此恨何时已。滴空阶、寒更雨歇，葬花天气。三载悠悠魂梦杳，是梦久应醒矣。料也觉、人间无味。不及夜台尘土隔，冷清清、一片埋愁地。钗钿约，竟抛弃。　　重泉若有双鱼寄。好知他、年来苦乐，与谁相倚。我自终宵成转侧，忍听湘弦重理。待结个、他生知己。还怕两人俱薄命，再缘铿、剩月零风里。清泪尽，纸灰起。

赏析

　　此词作于康熙十九年（1680）农历五月三十日，为卢氏亡故三周年之时。开篇即言爱妻亡故之后，遗恨不穷，正所谓"天长地久有时尽，此恨绵绵无绝期"。伤心时刻，又逢一夜寒雨，点点滴滴落在空旷的石阶上，一声声从夜半滴到黎明。当年葬花时节，爱侣故去，如今已经三载，悠悠生死别多年，魂魄不曾来入梦，想必是她也觉得这人世间无甚滋味，甚至还不如一土之隔的阴间——那一片埋愁消恨之处，所以不愿转回。天上人间终相厮守的盟誓，就这样渐成空言。倘若泉下有知，理当捎个音信，让我知晓你的境况。李白在《哭宣城善酿纪叟》中说："夜台无李白，沽酒与何人。"在没有我的重泉，谁又能与你相携相依呢？我虽然再结连理，一想到阴间孤零零的你，就整夜难眠，只好一心企盼来生再续前缘，可又担心来生命薄缘浅，难偿夙愿，又一次在孤单中痛苦地度过余生。

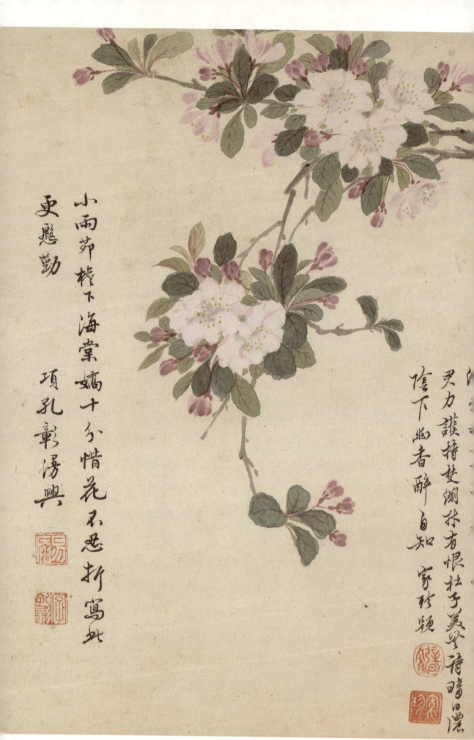

小雨茆檐下　海棠嬌十分　惜花不忍折寫此

更懇勤

項孔彰湧興

灵力護持楚澗林有恨杜子羡墨待睹口濃

陰下幽香醉自知　家珍題

明 項聖莫　花卉十开（其一）

浣溪沙

　　已惯天涯莫浪愁，寒云衰草渐成秋，漫因睡起又登楼。　　伴我萧萧惟代马，笑人寂寂有牵牛。劳人只合一生休。

赏析

　　是词作于七夕，其时词人身处牧场，有感于分离而作。康熙十九年（1680）前后，容若由司传宣改经营内厩马匹，常至昌平、延庆、怀柔、古北口等地督牧。姜宸英《纳兰君墓表》："尝司天闲牧政，马大蕃息。侍上西苑，上仓促有所指挥，君奋身为僚友先。上叹曰：'此富贵家儿，乃能尔耶'！"故此当作于康熙十九后，写词人奔波牧场，长久与家人分离，满眼秋色，不胜劳苦，似乎连牵牛郎都比不上。因为即使是牵牛郎，也得以在七夕这一天和织女相会。代马，北方之马。牵牛，牵牛星。李商隐《马嵬》："此日六军同驻马，当时七夕笑牵牛。"

点绛唇

黄花城早望

　　五夜光寒，照来积雪平于栈。西风何限？自起披衣看。　　对此茫茫，不觉成长叹。何时旦？晓星欲散，飞起平沙雁。

赏析

　　词写雪后风景，或赴边牧马时所作。黄花城，在今北京怀柔区，一说在今山西省山阴县北黄花岭后。夜来大雪，连栅栏都深埋其中。雪后更觉凄寒，明月照耀之下，凉意更胜，何况一夜北风紧。拂晓时分，披衣眺望，白茫茫一片，大地真空旷。天上晓星将要退隐，大雁从雪地起飞。《世说新语·言语》载："卫洗马（卫玠）初欲渡江，形神惨悴，语左右云：'见此芒芒，不觉百端交集，苟未免有情，亦复谁能遣此。'"词人之所以长叹息，也是触景伤心，百感交集。

青玉案

人日

东风七日蚕芽软，青一缕、休教剪。梦隔湘烟征雁远。那堪又是，鬓丝吹绿，小胜宜春颤。　　绣屏浑不遮愁断，忽忽年华空冷暖，玉骨几随花换。三春醉里，三秋别后，寂寞钗头燕。

赏析

　　副题另有作"辛酉人日"，则词当作于康熙二十年（1681）正月初七。人日，农历正月初七日。宗懔《荆楚岁时记》云："正月七日为人日。以七种菜为羹，剪彩为人或镂金箔为人，以贴屏风，亦戴之头鬓。又造华胜以相遗，登高赋诗。"旧俗人日这一天，妇女往往要剪彩纸为华胜，戴于头上。小胜，指妇女头饰。宗懔《荆楚岁时记》又载："立春之日，悉剪彩为燕，戴之，帖'宜春'二字。"上片写立春才七日，桑叶刚刚发出嫩芽，不堪剪作小胜。下片说春去秋来，韶华虚度，纵有彩胜相伴，也难掩闺中寂寞。

梅梢雪

元夜月蚀

星球映彻，一痕微褪梅梢雪。紫姑待话经年别，窃药心灰，慵把菱花揭。　　踏歌才起清钲歇，扇纨仍似秋期洁。天公毕竟风流绝，教看蛾眉，特放些时缺。

赏析

康熙二十年（1681）正月十五，天空出现了月蚀，词人记录了当时的情形。在火树银花不夜天的特殊时刻，月蚀的出现，使如雪的梅花染上一道暗痕。这也许是月中的嫦娥悔偷灵药，无心梳妆而使菱花镜蒙上了灰尘；或许又是天公偏爱蛾眉，特意为之。而满城男女以为是天狗贪心，忙着敲击铜锣，不久，天上的月亮就如同七月十五那样皎洁明亮了。

元夜，即元宵，宗懔《荆楚岁时记》："正月十五日，其夕迎紫姑，以卜将来蚕桑并占众事。"星球，指花灯。菱花，菱花镜。钲，占代军中乐器，这里指锣鼓。

木兰花慢

立秋夜雨，送梁汾南行

盼银河迢递，惊入夜，转清商。乍西园蝴蝶，轻翻麝粉，暗惹蜂黄。炎凉。等闲瞥眼，甚丝丝、点点搅柔肠。应是登临送客，别离滋味重尝。　　疑将。水墨画疏窗，孤影淡潇湘。倩一叶高梧，半条残烛，做尽商量。荷裳。被风暗剪，问今宵、谁与盖鸳鸯。从此羁愁万叠，梦回分付啼螀。

赏析

康熙二十年立秋之夜，顾贞观因母丧，雨中仓皇南归，容若赋此词送之。上片说，盼望银河迢迢，谁知入夜天气转凉。自从秋风乍起，蜜蜂和蝴蝶纷纷逃窜，西园已是一片狼藉。如今秋雨_丝丝_，更增添了几分凄迷的氛围。此时登高送别，可谓萧索满怀。下片说，友人已经远去，自己独坐窗下。疏窗上秋雨的痕迹，仿佛形成了一幅山水画。如今陪伴他的，只是院落里高高的梧桐树，和室内即将燃尽的蜡烛。荷叶既然被秋风吹断，今宵又有谁代替它们为鸳鸯遮风避雨呢？友人远赴潇湘，孑孓独行，有谁为他排解忧愁呢？从此他奔波劳顿于旅途之中，夜半醒来，唯有听蟋蟀哀鸣不已。

容若此间又写有《送梁汾》诗，可对读："西窗凉雨过，一灯乍明灭。沉忧从中来，绵绵不可绝。如何此际心，更当与君别。南北三千里，同心不得说。秋风吹蓼花，清泪忽成血。"

长相思

　　山一程,水一程,身向榆关那畔行,夜深千帐灯。　　风一更,雪一更,聒碎乡心梦不成,故园无此声。

赏析

　　康熙二十一年（1682）二月,容若扈驾东巡,出山海关而有是作。上片写行军跋涉与途中驻扎,颇多无奈情绪,仿佛可以看见词人疲惫的身影。下片写夜来风雪交加,搅碎乡梦,倍觉惆怅。

　　此词语言淳朴而意味深长,取景宏阔而对照鲜明。王国维在《人间词话》中说:"'明月照积雪'、'大江流日夜'、'中天悬明月'、'长河落日圆',此等境界,可谓千古壮观,求之于词,则纳兰性德塞上之作,如《长相思》之'夜深千帐灯'、《如梦令》之'万帐弯庐人醉,星影摇摇欲坠'差近之。"

如梦令

　　万帐穹庐人醉，星影摇摇欲坠。归梦隔狼河，又被河声搅碎。还睡，还睡，解道醒来无味。

赏析

　　此篇大约与《长相思·山一程》同时而作，意旨也相近，既表现出了茫茫草原辽阔壮丽的景象，又透露出了浓郁的思乡情绪，展示出了词人疲惫而无奈的羁旅情怀。雄浑之中，颇多凄凉。

　　狼河，即白狼河，今辽宁省之大凌河。沈佺期诗《古意呈补阙乔知之》有云："白狼河北音书断，丹凤城南秋夜长。"

浣溪沙

小兀喇

桦屋鱼衣柳作城，蛟龙鳞动浪花腥，飞扬应逐海东青。　犹记当年军垒迹，不知何处梵钟声。莫将兴废话分明。

赏析

康熙二十一年（1682）春，康熙北巡，祭祀祖先陵墓，至乌拉行猎。容若扈驾，有感而赋此词。桦木为屋、鱼皮为衣、植柳为城的小乌拉一带，如今是猎鹰飞扬，渔浪翻滚，一派祥和气象。当年大战的痕迹早已不见，耳旁传来悠扬的佛寺钟声，代替了往日战斗的呐喊。这种沉重的兴亡之感，真让他一言难尽。

小兀喇，当指吉林乌拉，大约在今吉林省吉林市松花江畔。萨英额《吉林外记》："吉林乌拉为满洲虞猎之地。"海东青，雕之一种，产于黑龙江下游一带之海岛上，或驯以为狩猎之用。庄季裕《鸡肋篇》卷下："鸷鸟来自海东，唯青鹘最佳，故号海东青。"

菩萨蛮

问君何事轻离别？一年能几团圆月。杨柳乍如丝，故园春尽时。　　春归归不得，两桨松花隔。旧事逐寒潮，啼鹃恨未消。

赏析

康熙二十一年（1682）三月二十五日，康熙皇帝一行抵达吉林乌喇，在松花江岸举行了望祭长白山等仪式。容若随扈之日既多，不免有思乡之情。上片是妻子的质问。为什么要这样轻易离别？一年很少团聚在一起。眼下杨柳吐丝，春天即将过去，你却依然滞留在他乡。下片是丈夫的回答。春天归去了，我也想要回家，但这松花江阻断了我的归路。南朝民歌《莫愁乐》说："莫愁在何处？莫愁石城西。艇子打两桨，催送莫愁来。"词人却无法用两桨横渡这松花江。追思往事，心潮起伏，遗恨无穷。

明 蓝瑛 仿宋元图册（其一）

菩萨蛮

　　朔风吹散三更雪，倩魂犹恋桃花月。梦好莫催醒，由他好处行。　　无端听画角，枕畔红冰薄。塞马一声嘶，残星拂大旗。

赏析

　　北风呼啸，大雪纷飞，塞外的词人梦里回到了家乡，享尽了温暖甜蜜，迟迟不愿醒来。梦后晓风吹画角，边马正长嘶，风景全然不同，心中自是惆怅满怀。

　　倩魂，少女的梦魂。《离魂记》载，衡州张镒之女倩娘与镒之甥王宙相恋，后倩娘另许他人，王宙将至蜀地，倩娘之魂追随至船上而同去。五年后归家，方与房中卧病之倩娘合而为一。红冰，指泪水。王仁裕《开元天宝遗事·红冰》："杨贵妃初承恩召，与父母相别，泣涕登车，时天寒，泪结为红冰。"

菩萨蛮

催花未歇花奴鼓，酒醒已见残红舞。不忍覆余觞，临风泪数行。　　粉香看又别，空剩当时月。月也异当时，凄清照鬓丝。

赏析

词由伤春而惜别。繁花似锦，令人心惊。酒醒梦回，落红满地。惜春而不愿花开早，但时光催人老，花儿无可奈何而落去，正如同人亦牵扯不住而终将远离。惟恐此去一无踪迹，且将杯中残酒，留待他日再聚。凝眸处，依依而别，踽踽前行。即使有当年明月相伴，但没有佳人的日子，这明月也与往时大不相同。

"临风数行泪""月也异当时"等，本为习见之语，一经词人道出，略加点染，便成佳句，齿颊生香。花奴，唐玄宗时汝阳王李琎的小字，善羯鼓。

卜算子

塞梦

塞草晚才青，日落箫笳动。慨慨凄凄入夜分，催度星前梦。　小语绿杨烟，怯踏银河冻。行尽关山到白狼，相见惟珍重。

赏析

词写行役中的思家情怀，颇为巧妙。词人不写自己因为旅途劳顿而如何恋家，而是从对面写来，写自己刚刚进入梦中，妻子就从绿杨烟外，不辞辛劳，一路追随，来到塞外与自己团聚，劝慰自己要多多保重。

慨慨，悲伤的样子。杜甫《严氏溪放歌行》："况我飘蓬无定所，终日慨慨忍羁旅。"

青玉案

宿乌龙江

东风卷地飘榆荚,才过了、连天雪。料得香闺香正彻,那知此夜,乌龙江畔,独对初三月。　　多情不是偏多别,别离只为多情设。蝶梦百花花梦蝶,几时相见,西窗剪烛,细把而今说。

赏析

词写塞外春日思家。连绵的大雪刚刚停息下来,恍然发现已经到了三月。关内的三月,早已是春暖花开香飘万里了,而自己还独自滞留在塞外苦寒之地。多情总是伤离别。词人牵挂家中,也知道闺中正思念着自己。惟有希望相聚之日,再细细分说今日之情思。

赵秀亭等引高士奇《扈从东巡日记》"泛舟江中,草舍渔庄映带,冈阜岸花初放,错落柔烟,似江南杏花春雨时,不知身在绝塞也",以为容若此词全为写实,或是。但全词殊少绘景,其意在情而不在景也。词作于康熙二十一年(1682)春。"蝶梦百花花梦蝶",出自《庄子·齐物论》:"昔者庄周梦为胡蝶,栩栩然胡蝶也,自喻适志与!不知周也。俄然觉,则蘧蘧然周也。不知周之梦为胡蝶与,胡蝶之梦为周与?周与胡蝶,则必有分矣。此之谓物化。""西窗剪烛"三句,脱胎于李商隐《夜雨寄北》诗句"何当共剪西窗烛,却话巴山夜雨时"。

明 文徵明 聚桂斋图卷

采桑子

塞上咏雪花

非关癖爱轻模样，冷处偏佳。别有根芽，不是人间富贵花。　　谢娘别后谁能惜？飘泊天涯。寒月悲笳，万里西风瀚海沙。

赏析

　　词或作于康熙二十一年（1682）。上片说自己之所以喜爱雪花，不是因为它的轻盈飘洒，而是因为它的冰清玉洁，与滚滚红尘中的富贵之花不同。下片说自从谢道韫之后，还有谁能如此这般生动地描摹出它的风姿呢？如今自己身处塞外，寒风呼啸，冷月映照，悲笳交鸣，万里雪花都变成了瀚海之沙。

　　"不是人间富贵花"，写雪亦写人，可谓不即不离。谢娘，谢道韫。《世说新语·言语》："谢太傅（安）寒雪日内集，与儿女讲论文义。俄而雪骤，公欣然曰：'白雪纷纷何所以？'兄子胡儿曰：'撒盐空中差可拟。'兄女曰：'未若柳絮因风起。'公大笑乐。"

洛阳春

雪

密洒征鞍无数，冥迷远树。乱山重叠杳难分，似五里、蒙蒙雾。　　惆怅琐窗深处，湿花轻絮。当时悠飏得人怜，也都是、浓香助。

赏析

词作于康熙二十一年（1682），与前篇均作于塞外，所用故实相同，意绪相近，惟所见景致不同。前者写广漠原野万里雪飘之势，或是安营扎寨时所见；此则描绘高山丛林雪花迷蒙之景，写当时行军途中所感。

高士奇《东巡日录》："三月己未，告祭永陵，大雪弥天。七十里中，岫嶂嵯峨，溪间曲折，深林密树，四会纷迎，映带层峦，一里一转。时时隔树窥见行人，远从峰顶自上者下，自下者上。复有崖岫横亘，岭头雪霏云罩，登降殊观，恍如洪谷子《关山飞雪图》也。"容若词或亦写此次行军见闻，不过更为轻盈，更富有诗意。

临江仙

永平道中

　　独客单衾谁念我，晓来凉雨飕飕。缄书欲寄又还休。个浓憔悴，禁得更添愁。　　曾记年年三月病，而今病向深秋。卢龙风景白人头，药炉烟里，支枕听河流。

赏析

　　康熙二十一年（1682），罗刹觊觎清廷东北边境，副都统郎谈等前往黑龙江沿岸勘察，容若随行，途经永平一带时赋有此词。上片写词人远离家乡，在风飕飕、雨飕飕、天凉好个秋的时节，人单影只，茕茕孑立，想给家人写信以倾诉相思之苦，又怕给对方平添几分愁苦。下片从对方写来，说原来只有春愁，如今更有秋恨，为远在卢龙的亲人而相思成疾。

临江仙

卢龙大树

雨打风吹都似此，将军一去谁怜？画图曾见绿阴圆，旧时遗镞地，今日种瓜田。　　系马南枝犹在否？萧萧欲下长川。九秋黄叶五更烟，只应摇落尽，不必问当年。

赏析

词作于康熙二十一年（1682）秋，时词人正赴梭龙。容若此行，凭吊感怀之作颇夥，其情绪多低回，反复渲染世事无常，功业如幻。此词歌咏大树将军，不但没有大力赞颂其功绩，反而提出了自己的怀疑："旧时遗镞地，今日种瓜田。"当日的所作所为，尽被风吹雨打去，失去了意义。草木萧瑟，黄叶飘零，沧桑变换，概莫能外。当年事不必问，当今之事会有后来者问询吗？

大树将军，原指东汉冯异。《后汉书·冯异传》："（冯）异为人谦退不伐，每所止舍，诸将并坐论功，异常独屏树下，军中号曰'大将军树'。"庾信《哀江南赋》："将军一去，大树飘零。"

陽千疊山不知
塵世上能得幾
人間 沈周

明 沈周 垂钓图

菩萨蛮

荒鸡再咽天难晓，星榆落尽秋将老。毡幕绕牛羊，敲冰饮酪浆。　　山程兼水宿，漏点清钲续。正是梦回时，拥衾无限思。

赏析

词写行役塞外之风尘仆仆，或当作于康熙二十一年（1682）秋。荒鸡报晓，榆叶落尽，旅人匆匆踏上征途。牛羊遍野，毡幕朵朵，倚岸敲冰，肉为食兮酪为浆，尽是异域风味。山一程，水一程，满身疲惫。午夜梦回，勾起无限乡思。

一络索

　　过尽遥山如画,短衣匹马。萧萧落木不胜秋,莫回首、斜阳下。　　别是柔肠萦挂,待归才罢。却愁拥髻向灯前,说不尽、离人话。

赏析

　　词或是康熙二十一年(1682)秋觇梭龙时所作。秋日里,夕阳下,短衣匹马,翻山越岭,风尘仆仆,不胜疲惫。夜晚安顿下来,乡思涌上心头。想佳人,正柔肠萦挂。只希望早日相聚,到那时拥髻灯前,再闲话当日别离之情事。则此时别离之苦痛,尽化为他日温馨之回忆。

　　短衣匹马,语出杜甫《曲江三章章五句》之三:"短衣匹马随李广,看射猛虎终残年。"

一络索

野火拂云微绿，西风夜哭。苍茫雁翅列秋空，忆写向、屏山曲。　　山海几经翻覆，女墙斜矗。看来费尽祖龙心，毕竟为、谁家筑。

赏析

此词与前首同调，当为同时而作，其意绪却与《浣溪沙·姜女祠》更为接近，旨在抒写兴亡之叹、古今之悲。其取景亦自苍茫辽阔，所谓野火拂云、西风夜哭等，无不显得沉重而压抑。词人最后问道：秦始皇费尽心机，劳民伤财，修筑了这一道屏障。如今来看，这长城究竟是为何而修筑的呢？这一问，问得惊心动魄。而明清易代，在他眼里，也不过是山海几经翻覆中的一次而已，似乎没有特别之处。

祖龙，即秦始皇。《史记·秦始皇本纪》："（三十六年）秋，使者从关东夜过华阴平舒道，有人持璧遮使者曰：'为吾遗滈池君。'因言曰：'今年祖龙死。'"裴骃集解引苏林曰："祖，始也；龙，人君象。谓始皇也。"

沁园春

试望阴山，黯然销魂，无言徘徊。见青峰几簇，去天才尺；黄沙一片，匝地无埃。碎叶城荒，拂云堆远，雕外寒烟惨不开。踟蹰久，忽砯崖转石，万壑惊雷。　穷边自足秋怀。又何必、平生多恨哉。只凄凉绝塞，蛾眉遗冢；销沉腐草，骏骨空台。北转河流，南横斗柄，略点微霜鬓早衰。君不信，向西风回首，百事堪哀。

赏析

词写边地绝域风光，借以抒心中不平，吐胸中块垒，故阴山、碎叶、青冢等具有深厚历史底蕴的古地名，一一展现笔底。开疆拓土，曾是多少英雄豪杰的梦想。驰骋沙场，曾被视为壮烈之士的理想归宿。但山海翻覆，豪杰志士尽同腐草，只剩下凄凉的青冢与空寂的黄金台。如今自己也来到穷漠边地，尘满面，鬓已霜，回首西风，遗恨无穷。

词或作于康熙二十一年（1682）秋，纳兰奉命出使峻龙之时。碎叶是唐代经营西域的“安西四镇”之一，故址在今吉尔吉斯斯坦托卡马克城附近，一般认为李白出生在那里。拂云堆在内蒙古自治区境内，堆内有中受降城和拂云祠。蛾眉遗冢，指王昭君死后，葬于南匈奴之“青冢”。

南乡子

何处淬吴钩？一片城荒枕碧流。曾是当年龙战地，飕飕，塞草霜风满地秋。　　霸业等闲休，跃马横戈总白头。莫把韶华轻换了，封侯，多少英雄只废丘。

赏析

深秋时刻，词人来到塞外当年龙战之处，只见寒风萧萧，衰草遍野，一派冷落景象，真感觉尘事如梦。当年多少英雄豪杰，横戈跃马，力图建立霸业，为封侯留名耗尽心血，转眼之际成了一抔黄土。

词中所言"当年龙战地"，是他于康熙二十一年（1682）觇梭龙时所见。龙战地，古战场。《易·坤》："龙战于野，其血玄黄。"吴钩，兵器，形似剑而曲。春秋吴人善铸钩，故有此称，后泛指利剑。

于中好

冷露无声夜欲阑，栖鸦不定朔风寒。生憎画鼓楼头急，不放征人梦里还。　　秋淡淡，月弯弯，无人起向月中看。明朝匹马相思处，如隔千山与万山。

赏析

词写于康熙二十一年（1682）秋，为容若觇梭龙时途中所作。朔风飞扬，栖鸦徘徊不定。寒露滑落，夜色将尽未尽。梦中征人正要归乡，却为城楼画角悲鸣惊醒。冷月无声，秋色渐浓，明日又要继续远行，与家乡也越来越远了。

明　文徵明　品茶图

于中好

别绪如丝睡不成，那堪孤枕梦边城。因听紫塞三更雨，却忆红楼半夜灯。　　书郑重，恨分明，天将愁味酿多情。起来呵手封题处，偏到鸳鸯两字冰。

赏析

身处边城，别绪如丝，孤枕难眠，听潇潇夜雨，想红楼佳人，直到三更。离情正苦，借书信聊寄相思。但紫塞天寒，连墨砚都结上了冰。梦做不了，信也写不了，边城凄清孤寂的滋味可想而知。词可能作于康熙二十一年（1682）秋，为容若去梭龙勘察时。

唐多令

雨夜

丝雨织红茵，苔阶压绣纹。是年年、肠断黄昏。到眼芳菲都惹恨，那更说，塞垣春。　　萧飒不堪闻，残妆拥夜分。为梨花、深掩重门。梦向金微山下去，才识路，又移军。

赏析

词写闺怨，为传统题材。纳兰性德曾于康熙二十一年奉命出使梭龙，或是有感而发。霏霏细雨如丝，满地落红似茵。碧窗斜日，梨花春雨，芳菲渐褪，本已令人黯然销魂，而此时丈夫出使边塞，更使人柔肠寸断。夜半难眠，拥衾独坐，听户外风雨肆虐，猜想丈夫所在之处，不知不觉梦入边塞，魂越关山，来到她所认定的戍守之所，丈夫却已经离开了那个地方。梦魂都无法追逐到丈夫的踪迹，心中的凄苦可想而知。

金微山，即阿尔泰山。张仲素《秋闺思二首》之一："碧窗斜日蔼深晖，愁听寒螀泪湿衣。梦里分明见关塞，不知何路向金微。"

相见欢

　　微云一抹遥峰,冷溶溶。恰与个人清晓画眉同。　　红蜡泪,青绫被,水沉浓。却向黄茅野店听西风。

赏析

　　山抹微云,天连衰草,旅人不禁想起了闺中的妻子,便觉远处的山峰分明就是她的眉黛。转念又想起这时的佳人,也正在水沉香中,独自面对红烛,苦苦地思念奔波在荒野之中的自己,不禁痴了。

清 恽寿平　湖山春暖图

浪淘沙

　　野宿近荒城，砧杵无声。月低霜重莫闲行。过尽征鸿书未寄，梦又难凭。　　身世等浮萍，病为愁成。寒宵一片枕前冰。料得绮窗孤睡觉，一倍关情。

赏析

　　词写羁旅情怀。只身在外，夜宿荒城，月色如水，霜华满树。数家砧杵，引起无穷乡思。征鸿过尽，归梦总是难成。词人自叹身如浮萍，总为雨打风吹去。寒夜中已经不胜相思之凄苦，又想到闺中佳人也正倚窗眺望，独自难眠，苦苦期待自己的归来，更觉凄楚。

满庭芳

堠雪翻鸦,河冰跃马,惊风吹度龙堆。阴磷夜泣,此景总堪悲。待向中宵起舞,无人处、那有村鸡。只应是,金笳暗拍,一样泪沾衣。　　须知今古事,棋枰胜负,翻覆如斯。叹纷纷蛮触,回首成非。剩得几行青史,斜阳下、断碣残碑。年华共,混同江水,流去几时回。

赏析

词为凭吊感怀之作。大战的硝烟早已褪尽,斜阳下只有断碣残碑,得以依稀想见当日之惨烈。夜晚磷火荧荧,鬼哭声声,更增添无数悲怆。莫要说自己早已失去了闻鸡起舞的豪情壮志,即使能一展怀抱又如何呢?天地翻覆,事过境迁,是非成败往往失去了意义,当日的争斗与执着,也不过是青史上的几行字而已,滚滚东流水,淘尽了英雄。

龙堆,白龙堆。《汉书·匈奴传》扬雄谏书云:"岂为康居、乌孙能逾白龙堆而寇西边哉,乃以制匈奴也。"颜师古注引孟康曰:"龙堆形如土龙身,无头有尾,高大者二三丈,埤者丈余,皆东北向,相似也,在西域中。"中宵起舞,即闻鸡起舞。《晋书·祖逖传》:"(祖逖)与司空刘琨俱为司州主簿,情好绸缪,共被同寝。中夜闻荒鸡鸣,蹴琨觉,曰:'此非恶声也。'因起舞。"蛮触,语出《庄子·则阳》:"有国于蜗之左角者,曰触氏;有国于蜗之右角者,曰蛮氏,时相与争地而战,伏尸数万。"混同江,松花江。

浣溪沙

身向云山那畔行，北风吹断马嘶声，深秋远塞若为情。 一抹晚烟荒戍垒，半竿斜日旧关城。古今幽恨几时平。

赏析

康熙二十一年（1682）八月，纳兰与副都统郎谈等觇察梭龙，十二月还京，是词作于途中，见深秋边塞而发思古之幽情。北风呼啸声中，夹杂着马嘶人语，这样远赴穷漠，本有一种悲怆之怀。途经边塞，西风残照，静穆荒垒，见证多少人事变迁，不由顿生沧桑之感。

那畔，那边。辛弃疾《采桑子》："青旗卖酒，山那畔、别有人间，只消山水光中，无事过这一夏。"

采桑子

　　严霜拥絮频惊起，扑面霜空。斜汉朦胧，冷逼毡帷火不红。　　香篝翠被浑闲事，回首西风。何处疏钟，一穟灯花似梦中。

赏析

　　词写行役北地时苦寒与凄凉，或当作于康熙二十一年（1682）。秋日的北地，已经是严霜扑面，冷得连毡帷都挡不住寒气的侵逼，跳动的火苗也带不来一丝暖意。拥紧絮被，依然频频冻醒。想起平素拥翠被、对熏笼的生活，真是恍如梦中。穟，同"穗"。

南楼令

塞外重九

古木向人秋，惊蓬掠鬓稠。是重阳、何处堪愁。记得当年惆怅事，正风雨，下南楼。　　断梦几能留，香魂一哭休。怪凉蝉、空满衾裯。霜落乌啼浑不睡，偏想出，旧风流。

赏析

词写重九日对亡妻的怀念。塞外古木萧索，惊风飞旋，蓬草漫天，已使人心情黯淡。恰逢重阳佳节，不由想起亲人，想起往日与亡妻的点点滴滴，颇令人心碎。夜来梦断，温馨难以挽留，只能让香魂在泪水中飘散。而无情的明月，依然照在清冷的衾被之上，使词人今夜无眠。

百字令

宿汉儿村

　　无情野火，趁西风烧遍、天涯芳草。榆塞重来冰雪里，冷入鬓丝吹老。牧马长嘶，征笳乱动，并入愁怀抱。定知今夕，庾郎瘦损多少。　　便是脑满肠肥，尚难消受此，荒烟落照。何况文园憔悴后，非复酒垆风调。回乐峰寒，受降城远，梦向家山绕。茫茫百感，凭高惟有清啸。

赏析

　　汉儿村，或是河北省迁安市有汉儿乡。词写容若再度赴边时的感触。再次来到山海关，只见寒风呼啸，万里尘昏，胡笳四起，牧马长鸣，真可谓"笳声未断肠先断"，他不由深深体会到了当年庾信羁留北地的心情。这种荒芜凄凉的场景，即使脑满肠肥者也难以消受，何况这些年来词人日益憔悴，不复往日青春年少，风流不羁。

　　庾郎，指北周诗人庾信，因羁留北地而悲愁忧思，深怀故土。文园，司马相如曾为文园令，他与文君避居临邛，尝"身自著犊鼻裈，与保庸杂作，涤器于市中"（《史记·司马相如列传》）。回乐峰，指回乐县烽火台，故址在今宁夏回族自治区灵武之西南。受降城分为三段，唐景龙二年（708）所建，在今内蒙古黄河沿岸一带，此泛指边塞。李益《夜上受降城闻笛》诗有云："回乐峰前沙似雪，受降城外月如霜。"

清平乐

发汉儿村题壁

参横月落，客绪从谁托。望里家山云漠漠，似有红楼一角。　　不如意事年年，消磨绝塞风烟。输与五陵公子，此时梦绕花前。

赏析

此篇与《百字令·宿汉儿村》前后相承接，内容也多有绾合之处，一写来到，一写离开。前词言"梦绕家山"，此篇言望家山而"梦绕花前"，意绪一致。年年不如意，"消磨绝塞风烟"，则可以视作对上篇内容的总括。前词多写实，以景融情，情感更为慷慨；此篇直抒胸臆，简捷直致，殊少盘旋。前词多烘托奔波的疲惫与情绪的无奈，此篇更突出思家的情怀。茫茫云海中，似乎看见了红楼一角，自是相思之极而生幻觉。

五陵公子，京都中的富豪子弟。五陵，西汉帝王陵墓，后代指京都繁华之地。

清 恽寿平　出水芙蓉图（临陈淳）

太常引

自题小照

西风乍起峭寒生，惊雁避移营。千里暮云平，休回首、长亭短亭。　　无穷山色，无边往事，一例冷清清。试倩玉萧声，唤千古、英雄梦醒。

赏析

康熙二十一年（1682）秋，容若曾赴梭龙，归来后友人为此行绘制了《楞伽山人出塞图》，吴雯与姜宸英等均有题画之作，前者如："出关塞草白，立马独伤心。秋风吹雁影，天际正茫茫。岂念衣裳薄，还惊鬓发苍。金闺千里月，中夜拂流黄。"此词为容若自题，回顾了他对此次行役的总体感受。千里奔波，一路长亭短亭，带来的是劳顿与无奈；无穷山色，冷清凄凉；无边往事，让英雄梦碎。

点绛唇

寄南海梁药亭

一帽征尘，留君不住从君去。片帆何处，南浦沉香雨。　　回首风流，紫竹村边住。孤鸿语，三生定许，可是梁鸿侣。

赏析

梁佩兰（1629—1705），字芝五，号药亭，广东南海人，与屈大钧、陈恭尹并称为"岭南三大家"。康熙二十一年（1682），梁入京应试求举不果，怅然而归。容若赋此词相送，表达了惋惜之意，并以梁鸿为喻，安慰与鼓励对方。词人说他千方百计挽留友人，还是没有成功。友人失利于场屋，是因为他与梁鸿有缘，均是尚节不俗之士。友人的隐居，也不失为风雅高洁之事，只是一路风尘，远去万里之外的南海，从此两人远隔天涯，只能相见梦中了。

沉香，沉香浦，在广东南海。梁鸿，字伯鸾，东汉扶风平陵人。家贫尚节，娶同县孟光女。

浣溪沙

肠断斑骓去未还，绣屏深锁凤箫寒，一春幽梦有无间。　　逗雨疏花浓淡改，关心芳草浅深难。不成风月转摧残。

赏析

嘶骑一去,征辔不还,玉楼歌吹已经随风飘散。佳人高楼望断，静掩屏帏，愁对绮窗，黯然神伤。停灯向晓，抱影斜倚，半睡半醒之间，一帘幽梦，若隐若现。草熏风暖，春色日浓。一片相思，转成凄楚。"人生自是有情痴，此恨不关风与月"，风月摧折，却使人憔悴。

虞美人

　　银床淅沥青梧老，屧粉秋蛩扫。采香行处蹙连钱，拾得翠翘何恨不能言。　　回廊一寸相思地，落月成孤倚。背灯和月就花阴，已是十年踪迹十年心。

赏析

　　词当是重游故地所作。十年漂泊，十年苦忆，如今回到当日相处之所，却难觅往时生活痕迹。青桐已老，辘轳架长期无人使用而变得干涩起来，转动时发出阵阵嘶哑的声音，庭院长满青苔，意中人的踪迹也消散在蟋蟀声中。唯有失落在草丛中的翠翘，似乎可以见证当时的青春。而让人魂牵梦绕的那处回廊，在月下显得那样清冷。

　　银床，辘轳架。屧，木底鞋。秋蛩，蟋蟀。连钱，花纹、形状似相连的铜钱。翠翘，古代妇人首饰，状似翠鸟尾上的长羽。

清平乐

忆梁汾

才听夜雨，便觉秋如许。绕砌蛩螀人不语，有梦转愁无据。　　乱山千叠横江，忆君游倦何方。知否小窗红烛，照人此夜凄凉。

赏析

秋雨过后，小窗红烛，听蟋蟀声起，凉意渐生，不禁想起了他乡的友人，不知他今夜飘零在何方，也不知道浪迹江湖的友人，是否知晓还有一人在秋夜中默默地思念着他，牵挂着他。赵彦端《点绛唇》说"我是行人，更送行人去，愁无据"，词人本是游子，却牵挂着倦游的友人，也可谓"愁无据"了。蛩螀，蟋蟀和寒蝉。

清平乐

塞鸿去矣，锦字何时寄。记得灯前伴忍泪，却问明朝行未。　　别来几度如珪，飘零落叶成堆。一种晓寒残梦，凄凉毕竟因谁。

赏析

词写相思，但于所思者之身份有不同看法，或以为思念爱妻，或以为思念友人。而词人所处位置也相应有所不同，或以为容若身在塞外，或以为他随驾南巡。据词中语气，当以前者为是。

分离数月之久，不知不觉中已经落叶飘零，寒意也日渐浓厚，拂晓时分便不耐清寒而梦中惊醒。塞鸿已去，不知家书何时到来。记得离别前夕，爱侣灯前伴装低头，忍住泪水，询问行程事宜，如今恐怕不胜离情之苦了。

珪，同"圭"，一种玉器。《说文》："圭，瑞玉也，上圜下方。"江淹《别赋》："秋露如珠，秋月如珪。"

蝶恋花

出塞

今古河山无定据，画角声中，牧马频来去。满目荒凉谁可语，西风吹老丹枫树。　　从前幽怨应无数，铁马金戈，青冢黄昏路。一往情深深几许，深山夕照深秋雨。

赏析

词为咏史之作，或当作于康熙二十二年（1683）秋。词人身处边塞，见牧马去来，不禁想起了马背上的征战，耳畔仿佛回响起金戈铁马之声。古往今来，塞北江南，或战或和，留下了悲欢离合。从前已有无数幽怨，今后又将如何呢？无论是金戈铁马，还是青冢黄昏，都为秋雨冲刷。

满 江 红

代北燕南，应不隔、月明千里。谁相念、胭脂山下，悲哉秋气。小立乍惊清露湿，孤眠最惜浓香腻。况夜乌、啼绝四更头，边声起。　　销不尽，悲歌意。匀不尽，相思泪。想故园今夜，玉阑谁倚。青海不来如意梦，红笺暂写违心字。道别来、浑是不关心，东堂桂。

赏析

　　词作于康熙二十二年（1683）秋，时纳兰性德随扈五台山。上片说代北燕南，离家尚不甚远，说不上明月千里寄相思，但终究是听闻边声四起，为萧瑟的氛围所裹胁，更何况客居孤眠，秋意渐浓，一片衰飒，怎能不令人怆然？下片说想必故园今夜，玉人斜靠阑干，望尽天涯路。为了避免勾起对方的牵挂，词人故意在家信中显得漫不经心。

　　胭脂山，燕支山，在古匈奴境内，因产胭脂草而得名。东堂桂，语出李商隐《无题》诗："昨夜星辰昨夜风，画楼西畔桂堂东。"

月上海棠

中元塞外

原头野火烧残碣。叹英魂，才魄暗销歇。终古江山，问东风、几番凉热。惊心事，又到中元时节。　　凄凉况是愁中别。枉沉吟、千里共明月。露冷鸳鸯，最难忘、满地荷叶。青鸾杳，碧天云海音绝。

赏析

　　此词作于康熙二十三年（1684）七月十五日，其时容若随驾塞外。原野上，荒草间，残碑断碣隐约可见。词人由此想到多少英烈忠魂，埋没草野之间，无人祭奠。而山海翻覆，几番凉热，世事播迁，所谓功业，有何值得留恋？此时此刻，更使他伤感的，不是功业难就，而是客中凄凉，音书渺茫，故希望千里共明月，长久厮守如荷池中之鸳鸯。

　　中元，中元节，农历七月十五日。此日佛家作盂兰盆会，道家作斋醮，民间祭祖扫墓等。

临黄鹤山樵夏
日山居真本

清 恽寿平　仿古山水册页

临江仙

塞上得家报云秋海棠开矣，赋此

六曲阑干三夜雨，倩谁护取娇慵。可怜寂寞粉墙东。已分裙衩绿，犹裹泪绡红。　　曾记鬓边斜落下，半床凉月惺忪。旧欢如在梦魂中。自然肠欲断，何必更秋风。

赏析

词咏秋海棠。秋海棠，又名断肠花。《娜嬛记》卷中引《采兰杂志》："昔有妇人思所欢不见，辄涕泣，恒洒泪于北墙之下。后洒处生草，其花甚媚，色如妇面，其叶正绿反红，秋开，名曰断肠花，又名八月春，即今秋海棠也。"容若在塞上，得到家书，获知家中秋海棠已开，由花及人，不胜慨叹。

上片拟想秋海棠盛开的情形。秋来凄风凉雨，盛开在六曲阑干下的秋海棠，又有谁去怜惜呢？自己远在边塞，它的娇慵也只得在寂寞中消散了，想必花蕊上的露水就是它凄楚的泪珠吧。下片记起与佳人夜半同赏秋海棠的往事，凉月似水，花开如旧，而佳人只能在梦中相聚了。不必等到秋风萧瑟，花落人悲，单单是这迎风摇曳的海棠花，就已经令人愁肠欲断了。

金缕曲

寄梁汾

木落吴江矣。正萧条、西风南雁，碧云千里。落魄江湖还载酒，一种悲凉滋味。重回首、莫弹酸泪。不是天公教弃置，是南华、误却方城尉。飘泊处，谁相慰。　　别来我亦伤孤寄。更那堪、冰霜摧折，壮怀都废。天远难穷劳望眼，欲上高楼还已。君莫恨、埋愁无地。秋雨秋花关塞冷，且殷勤、好作加餐计。人岂得，长无谓。

赏析

　　康熙二十三年秋，顾贞观即将北上，容若赋词相寄。他一方面提醒对方好生将息，祝愿他一路顺风；另一方面，抒发自己别来的苦闷和思念，并对顾氏长期滞留南方、难伸怀抱的处境表示同情，将之比喻为流落不遇的杜牧、温庭筠。杜牧《遣怀》有云："落魄江湖载酒行，楚腰纤细掌中轻。"温庭筠曾为方城（今河南省方城县）尉。辛文房《唐才子传·温庭筠》："（温庭筠）举进士，数上又不第。出入令狐相国书馆中，待遇甚优。时宣宗喜歌《菩萨蛮》，绹假其新撰进之，戒令勿泄，而遽言于人。绹又尝问玉条脱事，对以出《南华经》，且曰：'非僻书，相公燮理之暇，亦宜览古。'又有言曰：'中书省内坐将军。'讥绹无学，由是渐疏之。自伤云：'因知此恨人多积，悔读《南华》第二篇。'"

金缕曲

　　未得长无谓。竟须将、银河亲挽，普天一洗。麟阁才教留粉本，大笑拂衣归矣。如斯者、古今能几。有限好春无限恨，没来由、短尽英雄气。暂觅个，柔乡避。　　东君轻薄知何意。尽年年、愁红惨绿，添人憔悴。两鬓飘萧容易白，错把韶华虚费。便决计、疏狂休悔。但有玉人常照眼，向名花、美酒拚沉醉。天下事，公等在。

赏析

　　词当作于康熙二十三年（1684）。容若此间曾致书顾贞观，多有感喟："从前壮志，都已臊尽。昔人言，身后名不如生前一杯酒，此言大是。弟是以甚慕魏公子之饮醇酒、近妇人也。沦落之余，方欲葬身柔乡，不知得如鄙人之愿否？"是词情绪之低回，逃身于温柔之乡的愿望，十分明显。

　　词中说他曾经也豪情壮志，企盼做一番事业，然后功成身退，留名青史。只可惜这样的事情从古到今都没有几例。眼看一年年韶华虚度，青春即将耗尽而依然无所作为，不免英雄气短，只得希望寄情于名花美酒与红粉知己，以忘却世事。

　　麟阁，麒麟阁。《汉书·苏武传》："甘露三年，单于始入朝。上思股肱之美，乃图画其人于麒麟阁。"颜师古注引张晏曰："武帝获麒麟时作此阁，图画其像于阁，遂以为名。"

虞美人

彩云易向秋空散，燕子怜长叹。几翻离合总无因，赢得一回僝僽一回亲。　　归鸿旧约霜前至，可寄香笺字？不如前事不思量，且枕红蕤欹侧看斜阳。

赏析

美好的事物总难持久，就好比天空的彩云，固然灿烂，也最易消散。让人痴迷的感情就这样结束，虽不甘却无奈，分分合合，几番折腾，剩下的除了愁苦与心碎，还有温馨与甜蜜的回味。夜间长吁短叹，连梁上的燕子也被惊扰得难以安宁。清晨起来，思量对方该不会就此松手吧？按照以往的惯例，他的书信就快到了，今天不会是例外吧？思来想去，直到夕阳西下还没理清头绪。

红蕤，红蕤枕，传说中的仙枕。毛滂《小重山·春雪小醉》："十年旧事梦如新，红蕤枕，犹暖楚峰云。"

浣溪沙

红桥怀古，和王阮亭韵

无恙年年汴水流，一声水调短亭秋，旧时明月照扬州。　　曾是长堤牵锦缆，绿杨清瘦至今愁。玉钩斜路近迷楼。

赏析

康熙元年（1662），时任扬州府推官的王士禛（号阮亭），与袁于令、陈维崧等游红桥，作《红桥倡和》诗，赋《浣溪沙》三首。康熙二十三年（1684）年，容若扈驾至扬州，用王士禛《浣溪沙》第一首之韵而作此词，凭吊遗迹，感怀隋炀帝旧事。王士禛原词为："北郭青溪一带流，红桥风物眼中秋，绿杨城郭是扬州。西望雷塘何处是？香魂零落使人愁，淡烟芳草旧迷楼。"

红桥为扬州名胜，吴绮《扬州鼓吹词序》："红桥在城西北二里。崇祯间，形家设以锁水口者，朱栏数丈，远通两岸，彩虹卧波，丹蛟截水，不足以喻。而荷香柳色，曲槛雕楹，鳞次环绕，绵亘十余里。春夏之交，繁弦急管，金勒画船，掩映出没于其间，诚一郡之旧观也。"长堤牵锦缆，见《隋炀帝开河记》："龙舟既成，泛江沿淮而下。至大梁，又别加修饰，砌以七宝金玉之类。于吴越间取民间女年十五六岁者五百人，谓之殿脚女。至于龙舟御楫，即每船用彩缆十条，每条用殿脚女十人，嫩羊十口，令殿脚女与羊相间而行，牵之。时恐盛暑，翰林学士虞世基献计，请用垂柳栽于汴梁两堤上。"

浣溪沙

脂粉塘空遍绿苔，掠泥营垒燕相催，妒他飞去却飞回。　　一骑近从梅里过，片帆遥自藕溪来。博山香烬未全灰。

赏析

容若有《病中过无锡》诗二首，可见他曾因病滞留无锡，而藕溪在无锡西北三十里处，可见此首词亦写于其间。脂粉塘相传为西施沐浴之溪，梅里为吴太伯所居。任昉《述异记》："吴故宫有香水溪，俗云西施浴处，又呼为脂粉塘。吴王宫人濯妆于此溪上源，至今馨香。"又《史记·吴太伯世家》张守节《正义》云："太伯居梅里，在常州无锡县东南六十里。"这些遗迹与江南风光，曾让词人无限向往。如今身处无锡，却困守房中，不得一探究竟，只有呆望炉烟袅袅，所以对飞来飞去的燕子不无妒意。一骑过梅里，片帆度藕溪，是他的畅想与期待。

清 艾启蒙 十骏犬图

鹊桥仙

月华如水，波纹似练，几簇淡烟衰柳。塞鸿一夜尽南飞，谁与问、倚楼人瘦。　　韵拈风絮，录成金石，不是舞裙歌袖。从前负尽扫眉才，又担阁、镜囊重绣。

赏析

月下怀人之作。上片铺叙。月华如水，月色似练，淡烟衰柳，塞鸿南飞，人倚高楼，无非渲染岑寂之境，逗引出相思之情。下片表白。称道对方有谢道韫、李清照之才，不让须眉，非等闲舞裙歌袖之女所能比，可惜一身才华迫于身份所限而不得施展，言语中多惋惜之意。担阁，耽搁，耽误。

采桑子

谢家庭院残更立，燕宿雕梁。月度银墙，不辨花丛那辨香。　　此情已自成追忆，零落鸳鸯。雨歇微凉，十一年前梦一场。

赏析

此词多化用元稹《杂忆》、李商隐《锦瑟》等诗成句，当为悼念亡妻之作。元稹《遣悲怀三首》之一有云："谢公最小偏怜女，自嫁黔娄百事乖。"其《杂忆》诗云："寒轻夜浅绕回廊，不辨花丛暗辨香。"又李商隐《锦瑟》有诗句："此情可待成追忆，只是当时已惘然。"容若此词言"十一年前梦一场"，则当作于卢氏亡故十一年后，即康熙二十三年。

上片追忆往事，雕梁画栋，燕子双宿，月下回廊，花丛暗香，何等温馨。下片写长歌之悲，鸳鸯零落，阴阳殊途，前事如潮，涌上心头，真如一场梦。

满江红

茅屋新成，却赋

问我何心，却构此、三楹茅屋。可学得、海鸥无事，闲飞闲宿。百感都随流水去，一身还被浮名束。误东风、迟日杏花天，红牙曲。　　尘土梦，蕉中鹿。翻覆手，看棋局。且耽闲殢酒，消他薄福。雪后谁遮檐角翠，雨余好种墙阴绿。有些些、欲说向寒宵，西窗烛。

赏析

容若另有诗《寄梁汾并葺茅屋以招之》，学者据此以为是词与顾贞观有关联。词中表达了容若高蹈遁世的愿望。世事如棋，人生如梦，身处局中，为浮名所束缚，极为抑郁，不如忘却机心，忘怀世事，倜傥风流于天地之间，学堂前燕、海中鸥，自来自去，相亲相近。

蕉中鹿，见《列子·周穆王》载："郑人有薪于野者，遇骇鹿，御而击之，毙之。恐人见之也，遽而藏诸隍中，覆之以蕉，不胜其喜。俄而遗其所藏之处，遂以为梦焉。"翻覆手，犹言易如反掌。《史记·郦生陆贾列传》："汉诚闻之，掘烧王先人冢，夷灭宗族，使一偏将将十万众临越，则越杀王降汉，如反覆手耳。"

菩萨蛮

　　乌丝画作回纹纸，香煤暗蚀藏头字。筝雁十三双，输他作一行。　　相看仍似客，但道休相忆。索性不还家，落残红杏花。

赏析

　　词以妻子埋怨之语，写其相思之情。在妻子看来，那些含蓄的情词，早已无法表达心中的苦楚。长期的等待，使她不愿再作温婉之态，于是干脆在信中大发牢骚，说丈夫不必再惦记家中了，反正家在你眼中只是旅店而已；甚至也不必匆匆忙忙赶回家了，因为等你回来的时候，花早就凋零了，我也人老珠黄了。

　　乌丝，即乌丝栏，印有墨线格子的纸。回纹，回文诗，借指相思之作。香煤，和着香料的烟煤。藏头，藏头诗。筝雁，筝柱，柱行斜列如雁阵。

浣溪沙

　　五月江南麦已稀，黄梅时节雨霏微，闲看燕子教雏飞。　　一水浓阴如罨画，数峰无恙又晴晖。溅裙谁独上渔矶。

赏析

　　词写江南五月风景。黄梅时节，细雨霏微，近处燕子来回穿梭，远处数峰沐浴夕阳。景致如画，画中人独上小渔矶，似有所待。顾贞观《画堂春》云："湔裙独上小渔矶，袜罗微溅春泥。一篙生绿画桥低，昨夜前溪。回首楝花风急，催归暮雨霏霏。扑天香絮拥凄迷，南北东西。"则此篇或是题画之作。罨画，杂彩色画。

遐方怨

　　攲角枕，掩红窗。梦到江南，伊家博山沉水香。　　浣裙归晚坐思量。轻烟笼浅黛，月茫茫。

赏析

　　轩窗下，斜靠角枕，幽思沉沉，不知不觉，梦魂飘荡，千里驰飞，来到了烟火迷离的江南，与心中人得以纠缠厮守，如胶似漆。但"睡里销魂无说处，觉来惆怅销魂误"，美梦醒来，更觉惆怅。浣衣归来，朦胧月色中静默独坐，仔细思量：梦中人在他乡，现如今是何种情状？

　　词化用乐府《杨叛儿》，原词颇为炽热，李白所咏"乌啼隐杨花，君醉留妾家。博山炉中沉香火，双烟一气凌紫霞"也是动情之至，而是词如蜻蜓点水，别有风致。角枕，用角装饰的枕头。博山，博山炉。乐府《杨叛儿》："欢作沉水香，侬作博山炉。"

風霜揎壓百草雷雨起雙芊　南田

清 惲壽平　竹石圖

减字木兰花

　　相逢不语，一朵芙蓉著秋雨。小晕红潮，斜溜鬟心只凤翘。　　待将低唤，直为凝情恐人见。欲诉幽怀，转过回阑叩玉钗。

赏析

　　词写少女与意中人相逢的羞涩之态。情人见面，似乎应该是炽热激烈的，如胜却人间无数的金风玉露之相逢。但娇羞的少女，没有这么大胆热情。小脸上的红潮，如秋雨中的芙蓉。望着朝思暮想的意中人，有心上前，双脚却总也没有气力，不能向前挪动半分，低头偷觑，生怕有人关注到自己的异样，于是假装不经意转身靠着回栏，漫不经心地敲击着玉钗。

　　学者以为这是词人自己的亲身经历，或不为妄言。但据《精选国朝诗余》所载"选梦"一词，推断其为与沈宛结缡之作，似乎有待于进一步证实，因为这一版本分明有副题"离思"，表明为别后相思之作。

梦江南

昏鸦尽，小立恨因谁？急雪乍翻香阁絮，轻风吹到胆瓶梅，心字已成灰。

赏析

这是一首凄美迷离的相思之词。日落时分，众鸟散尽，各自投林。主人公伫立香阁，极目远眺，心上人迟迟不见踪影。惟有急速旋转的飞雪，似翩翩起舞的柳絮，随风飘进香阁，缓缓沾落到花瓶中梅花上，使斜欹的梅花更显凄迷。心字香早已燃尽，使昏暗的室内更为冷清，主人公的心情也在失望中变得灰暗。胆瓶，长须大腹，形如悬胆的花瓶。心字，即心字香。

清 恽寿平 · 山水花卉神品册（其一）

忆江南

春去也，人在画楼东。芳草绿黏大一角，落花红沁水三弓。好景共谁同。

赏析

刘禹锡《忆江南》："春去也，多谢洛城人。弱柳从风疑举袂，丛兰裛露似沾巾，独坐亦含颦。"此篇写送春，与刘氏之作格调相同。女子独坐画楼东畔，望芳草连天，落红遍地，顿觉韶华易逝，红颜易老，不无惆怅。

江城子

咏史

湿云全压数峰低。影凄迷，望中疑。非雾非烟，神女欲来时。若问生涯原是梦，除梦里，没人知。

赏析

词借巫山神女之故实，咏男女之间迷蒙惝恍之情事，似与史实无所关涉。词中所言，只是对情事有所感而已，似花非花，似雾非雾，道不明，理不清，并非一定眼见雨中数峰矗立之景。词多熔铸唐人诗词，如杜甫《咏怀古迹五首》之二"最是楚宫俱泯灭，舟人指点到今疑"、李商隐《无题二首》之二"神女生涯原是梦，小姑居处本无郎"、韦庄《女冠子》"除却天边月，没人知"等。

潚地綸竿慶、
緣百人同業不
同船江風江水
無憑準相並相
開縱偶然

沈周

明 沈周 卧游图册（其一）

采桑子

彤霞久绝飞琼字，人在谁边，人在谁边，今夜玉清眠不眠。　　香消被冷残灯灭，静数秋天，静数秋天，又误心期到下弦。

赏析

词写离别相思，用道家故事，词意字面，都恰到好处。而文笔回环，辞复层深，尤其给人留下了深刻印象。上片思绪皆由眺望秋空所引发，丝丝入扣，婉转凄恻。晚霞满天，七彩变幻，让他记起了远在天涯的伊人。音讯久绝，也不知她究竟身处何方？这样的夜晚，是否一样和我徘徊难眠？下片叙说情深意苦，径遂直陈，情感凄厉。香消被冷，残灯又灭，写尽凄凉之意。更使人难堪的是，整个秋天就这样消失在期待与失望之中，而相见之日，仍遥遥无期。飞琼，仙女许飞琼，西王母之侍女。玉清，仙境，一说指仙女。心期，心愿。

采桑子

　　谁翻乐府凄凉曲，风也萧萧，雨也萧萧，瘦尽灯花又一宵。　　不知何事萦怀袍，醒也无聊，醉也无聊，梦也何曾到谢桥。

赏析

　　词人以萧索之景，寓怏怏之怀，令人感喟不已。雨夜潇潇，孤苦无聊，对灯黯然独坐，触目一片衰飒，看那灯花点点剥落，听那风声、雨声与凄凉的乐曲声重叠而来，可谓诉尽心中的凄苦与悲凉。彻夜难眠，说是不知为何事所萦绕，实际上是不好说或不愿说。他感叹连梦也到不了谢桥，还是透露了其中的消息。之所以"醒也无聊，醉也无聊"，不知如何是好，终究还是因为分离相思的缘故。翻，指按旧曲制作新词。晏几道《鹧鸪天》说"梦魂惯得无拘检，又踏杨花过谢桥"，词人更进一层，也显得更为凄苦。

采桑子

拨灯书尽红笺也，依旧无聊。玉漏迢迢，梦里寒花隔玉萧。　　几竿修竹三更雨，叶叶萧萧。分付秋潮，莫误双鱼到谢桥。

赏析

梦回谢桥，诗家恒用之语，至今已觉不新鲜。词人换过一层，说吩咐秋潮送信至谢桥，同样以极玄幻之笔写极痴情之想，便见别致。秋潮虽有信，却难以承担此重任。长夜漫漫，漏声迢迢，灯下相思无奈，修书以遣怀。但写尽平生相思之意，却无由送达。落寞凄苦，可想而知。红笺，红色笺纸，多用以题写诗词或作名片等。寒花，寒冷时节所开的花，一般指菊花。双鱼，指书信。《古乐府》："尺素如残雪，结成双鲤鱼。要知心中事，看去腹中书。"

采桑子

　　土花曾染湘娥黛，铅泪难消。清韵谁敲，不是犀椎是凤翘。　　只应长伴端溪紫，割取秋潮。鹦鹉偷教，方响前头见玉箫。

赏析

　　此词或以为写隐秘的恋情，或以为悼亡，或以为咏物。端详词意，当以后者为是。词中明言"不是犀椎是凤翘"，意思说看这古物的模样，不明就里的人还以为它是一只凤翘，哪里会把它当作犀椎？或者说，轻轻敲击，其声响分明如凤翘的颤栗撞击。可见所咏之物为方响之一种的犀椎。整首词也主要围绕音乐入手。上片以湘妃竹，喻犀椎之浸渍。下片以端砚秋潮，形容犀椎之碧绿。玉箫清韵，则模想其敲击之清音。

　　首两句化用李贺《金铜仙人辞汉歌》诗句"画栏桂树悬秋香，三十六宫土花碧""空将汉月出宫门，忆君清泪如铅水"。犀椎，指犀角制的小槌，又称响犀，打击乐器方响中的一种。苏鹗《杜阳杂编》卷中："（阿翘）俄遂进白玉方响，云本吴元济所与也，光明皎洁，可照十数步。言其犀槌，即响犀也，凡物有声，乃响应其中焉。"偷教，见《古今诗话·蔡确诗》："蔡确贬新州，侍儿名琵琶，有鹦鹉甚慧。确每扣响板，鹦鹉呼其名。琵琶卒后，响板扣犹传呼。"

采桑子

　　而今才道当时错，心绪凄迷。红泪偷垂，满眼春风百事非。　　情知此后来无计，强说欢期。一别如斯，落尽梨花月又西。

赏析

　　词以懊恼之意写分离之苦，语少而意足，辞新而情悲，有跌宕摇曳之姿。梁启超盛赞此词"哀乐无常，情感热烈到十二分，刻画到十二分"（《中国韵文里头所表现的情绪》）。上片说曾经以为分离是一件简单容易的事情，临到离别之际，盈盈伫立，无言有泪，心迷意乱，草色烟光都成春愁，才知道做出这种决定是多么错误的事情。下片说大错已经铸成，分离已是无法避免，只好强颜欢笑，约好他日再聚首以重续前缘，虽然双方都清楚地知道，这不过是一种安慰之辞罢了。但此情此景，还有什么比这种安慰之辞更能抚慰凄迷伤感心绪的呢？

采桑子

　　明月多情应笑我，笑我如今。辜负春心，独自闲行独自吟。　　近来怕说当时事，结遍兰襟。月浅灯深，梦里云归何处寻。

赏析

　　此词或以为写相思，或以为谈友情，原因在于对"兰襟"一词的理解有所不同。兰襟，本意是芬芳香洁的衣襟，男、女性都有应用的范例，如"遽痛兰襟断，徒令宝剑悬"（卢照邻《哭明堂裴主簿》）、"眉叶颦愁，泪痕红透兰襟润"（陈允平《点绛唇》）。容若此词多檃栝晏几道词（《采桑子》）"别来长记西楼事，结遍兰襟。遗恨重寻"之意，当是追悔往日情事。晏几道曾在《小山词》自序中说："考其篇中所记，悲欢离合之事，如幻，如电，如昨梦前尘，但能掩卷怃然，感光阴之易迁，叹境缘之无实也。"昨梦前尘，容若亦不无是感。

采桑子

居庸关

巂周声里严关峥，匹马登登。乱踏黄尘，听报邮签第几程。　　行人莫话前朝事，风雨诸陵。寂寞鱼灯，天寿山头冷月横。

赏析

词写容若过居庸关时对历史的反思与感喟。居庸关两山夹峙，一水旁流，悬崖峭壁，极为险要，历来为兵家重镇。斜阳下，黄尘飞舞，词人匹马而来。杜鹃声里，夜宿严关，听晓筹阵阵，望山头冷月，不胜兴亡之感。天寿山下，前明皇陵依然在风吹雨打中静穆地矗立，传说中不灭的鱼烛守望着它们。其实鱼烛燃烧的时间并不长久，但大明的岁月似乎更短。居庸关这样的险关，又能有多大作用呢？

居庸关，在北京昌平区，是长城的重要关口。巂周，子规鸟。邮签，驿馆驿船等夜间报时之器。鱼灯，即鱼烛。《史记·秦始皇本纪》："葬始皇骊山……以人鱼膏为烛，度不灭者久之。"天寿山，见《明史·地理志·顺天府》："昌平州，北有天寿山，成祖以下寝陵咸在。"

台城路

上元

　　阑珊火树鱼龙舞，望中宝钗楼远。靺鞨余红，琉璃剩碧，待嘱花归缓缓。寒轻漏浅。正乍敛烟霏，陨星如箭。旧事惊心，一双莲影藕丝断。　　莫恨流年逝水，恨销残蝶粉，韶光忒贱。细语吹香，暗尘笼鬓，都逐晓风零乱。阑干敲遍。问帘底纤纤，甚时重见。不解相思，月华今夜满。

赏析

　　词写上元节怀人。上片写上元节灯火辉煌、凤箫声动的景象，让人陶醉不已。琉璃光射、烟火怒放之际，词人突然想起了"旧事"，心中不免一阵痛楚。下片说时光真如流水，当日情事都已经在雨丝风片中飘散，如今把栏杆敲遍，也不知何日重见。

　　靺鞨，红靺鞨，红色宝石。《旧唐书·肃宗纪》："上元二年壬子，楚州刺史崔侁献定国宝玉十三枚……七曰靺鞨，大如巨栗，赤如樱桃。"花归缓缓，见苏轼《陌上花并引》："游九仙山，闻里中儿歌《陌上花》。父老云：'吴越王妃，每岁必归临安。'王以书遗妃曰：'陌上花开，可缓缓归矣。'吴人用其语为歌，含思宛转，听之凄然，而其词鄙野。"

谒金门

风丝袅，水浸碧天清晓。一镜湿云青未了，雨晴春草草。　　梦里轻螺谁扫，帘外落花红小。独睡起来情悄悄，寄愁何处好。

赏析

春日雨后，柳丝袅袅，碧空似洗。闺中少妇梦见丈夫，醒来不胜忐忑。她想将自己的愁绪寄予对方，但却不知良人身处何方。"春草草"，一方面说明离恨恰如春草，铺天盖地，无处可逃；另一方面是说春天就这样一闪而过，她似乎还没有做好准备，所以觉得太草草。螺，螺黛，女子画眉之墨。扫，描画。

四和香

麦浪翻晴风飐柳，已过伤春候。因甚为他成僝僽，毕竟是、春迤逗。　　红药阑边携素手，暖语浓于酒。盼到园花铺似绣，却更比、春前瘦。

赏析

词写相思怀人。麦浪翻滚，轻絮飞扬，似乎是过了伤春时节，但佳人依然憔悴如昔，因为她尚未从春愁中解脱出来。神思恍惚之际，她又仿佛回到红药阑边携手漫步的日子，耳旁也隐约传来情人的呢喃细语。就这样，在苦苦期待中，她度过了漫长了春天，一直等到"万花如绣，海棠经雨胭脂透"，情人依然远在天涯，她却比春前更为消瘦了。

仿白陽筆意

忘菴

清　王武　花卉册（其一）

点绛唇

一种蛾眉，下弦不似初弦好。庾郎未老，何事伤心早？ 素壁斜辉，竹影横窗扫。空房悄，乌啼欲晓，又下西楼了。

赏析

同样是弯月，词人认为下弦月不如上弦月好，为什么呢？因为下弦月是残月，是团圆破裂之后的景象，而上弦月终有团聚的希望。词人独在空房，此时惟有这下弦月相伴随，以及疏窗上的竹影。到了拂晓时分，它们也离词人远去。词人感到自己连庾信比不上了。庾信"追悼前亡，惟觉伤心"，是在他的暮年。而自己正处壮年，竟已经遭此劫难。词是悼亡之作。

浣溪沙

消息谁传到拒霜？两行斜雁碧天长，晚秋风景倍凄凉。　　银蒜押帘人寂寂，玉钗敲竹信茫茫。黄花开也近重阳。

赏析

拒霜指木芙蓉，李时珍《本草纲目·木三》："木芙蓉八月始开，故名拒霜。"当木芙蓉盛开的时候，佳人终于失望了。她愤怒地质问道：究竟是谁传来的消息，说木芙蓉花开的时候他就会归来呢？眼看到了菊花满地盛开的重阳，心中人依然杳无踪迹，这如何不叫人伤心失望？帘幕低垂，玉钗敲竹，飞云归尽，"佳期难会信茫茫"，这大雁爱也不得，恨也不是。银蒜，蒜形的银块，系于帘下压重，以免帘幕为风吹起。

浣溪沙

　　雨歇梧桐泪乍收，遣怀翻自忆从头，摘花销恨旧风流。　　帘影碧桃人已去，屧痕苍藓径空留。两眉何处月如钩？

赏析

　　词写人去楼空的孤寂。夜长衾寒，离情正苦，听雨声点点，从有到无。暗伤心事，旧欢如梦。当年"舞低杨柳楼心月，歌尽桃花扇底风"，曾以为与萱草无缘，如今碧桃犹在，苍痕空留，惟有独上西楼，寂寞清秋，咀嚼别是一般滋味的离愁。

　　销恨，见王仁裕《开元天宝遗事》卷二《销恨花》："明皇于禁苑中，初有千叶桃盛开。帝与贵妃日逐宴于树下。帝曰：'不独萱草忘忧，此花亦能销恨。'"

浣溪沙

　　记绾长条欲别难，盈盈自此隔银湾，便无风雪也摧残。　　青雀几时裁锦字，玉虫连夜蔑春幡。不禁辛苦况相关。

赏析

　　词写将要分别之场景与心情。上片写折柳赠别，欲行不行，各自心伤。自此一别，淡云孤雁，寒日暮天，千山万水，阻隔云霄，恐怕就要在相思中憔悴到老。下片说佳人在家时时刻刻惦记对方，希望行者早日寄家书归来，以慰离恨愁肠。

　　青雀，即青鸟，传说中为西王母之信使。《艺文类聚》卷九一引曰题班固《汉武故事》："七月七日，上于承华殿斋，正中，忽有一青鸟从西方来，集殿前。上问东方朔，朔曰：'此西王母欲来也。'有顷，王母至，有两青鸟如乌，侠侍王母旁。"玉虫指灯花，常用来作报喜，如范成大《客中呈幼度》"今朝合有家书到，昨夜灯花缀玉虫"。春幡，立春日或挂春旗于树，或剪小幡戴于头上，或缀花枝之下，以示迎春。

166

浣溪沙

五字诗中目乍成，尽教残福折书生，手挼裙带那时情。　别后心期和梦杳，年来憔悴与愁并。夕阳依旧小窗明。

赏析

词写与佳人由偶遇到别后相思。当日宴会，当筵赋诗，诗成而得美人青目。佳人手握裙带，含情凝睇，不胜娇柔，结得半宵之缘。别后一寸相思，千头万绪，都付给半帘幽梦，只落得触目凄凉，满身疲惫。想佳人，也当含颦傍窗，目极天涯。

五字诗，五言诗。目成，以目定情，《楚辞·九歌·少司命》："满堂兮美人，忽独与余兮目成。"

浣溪沙

谁念西风独自凉？萧萧黄叶闭疏窗，沉思往事立残阳。　　被酒莫惊春睡重，赌书消得泼茶香。当时只道是寻常。

赏析

词是悼亡之作。赌书泼茶，用李清照之典，指往日闺中琴瑟相和、情趣相投之甜蜜。李清照《金石录后序》云："余性偶强记，每饭罢，坐归来堂烹茶，指堆积书史，言某事在某书某卷第几页第几行，以中否角胜负，为饮茶先后。中即举杯大笑，至茶倾覆怀中，反不得饮而起，甘心老是乡矣。"但这温馨甜蜜，对容若而言已成云烟般的往事。他独立残阳，秋风渐紧而黄叶漫天飞舞，寒意袭来而无人关怀，自然思悠悠，恨悠悠，忆起往日情事而哽咽无言。曾经以为，生活中不经意发生的那些点点滴滴，只是寻常之事，毋须在意，失去之后，才恍然发现它们最值得珍惜。

宋 阎次于　山村归骑图

浣溪沙

莲漏三声烛半条，杏花微雨湿轻绡，那将红豆寄无聊。　　春色已看浓似酒，归期安得信如潮。离魂入夜倩谁招。

赏析

杏花微雨，沾衣不湿，吹面不寒，春色已浓。销魂时节，断肠人漂泊天涯，有家难回，灯下独坐，红烛烧残，芳心一点，顾影自怜，恨不能如倩女离魂，惟有把玩红豆以寄相思。王彦泓《错认》"夜视可怜明似月，秋期只愿信如潮"，是从佳人眼中写出；而"归期安得信如潮"则是良人对佳人埋怨的解释，表达他的身不由己。

浣溪沙

凤髻抛残秋草生，高梧湿月冷无声，当时七夕记深盟。　　信得羽衣传钿合，悔教罗袜葬倾城。人间空唱雨淋铃。

赏析

词咏杨贵妃之事，或借以感怀亡妻。上片说唐明皇再回长安大内之中，佳人已逝，秋草蔓生，落叶满阶，"芙蓉如面柳如眉，对此如何不泪垂"。记起七月七日长生殿夜半无人时之山盟海誓，不由长恨绵绵。下片说倾城一葬，辗转难忘。方士所传"但令心似金钿坚，天上人间会相见"之语，只是安慰之词罢了，一如《雨霖铃》，空自怅悔，无法共叙幽情。

浣溪沙

容易浓香近画屏，繁枝影著半窗横，风波狭路倍怜卿。　　未接语言犹怅望，才通商略已蜚腾。只嫌今夜月偏明。

赏析

词写情人月下偶遇。疏影横斜，暗香浮动，蓦地在小径与心上人相遇，惊喜之余竟不知所措。未见面时，曾经设想过千百种情形，觉得有无数的话儿要倾述。如今面对面，刚寒暄完毕，就变得懵里懵懂，手足无措，不知如何是好。不怪自己失去了往日的伶俐，只怪这天上的圆月过于明亮，让自己变得紧张。

浣溪沙

十二红帘窣地深，才移刬袜又沉吟，晚晴天气惜轻阴。　　珠袯佩囊三合字，宝钗拢鬓两分心。定缘何事湿兰襟。

赏析

词写春情闺思。所谓"定缘何事"而湿透兰襟，乃是追问女子为何而泪珠滑落，并非因缘前定还黯然心伤。头上双鬓，腰悬双囊，都表明了少女的身份。但轻阴弄晴，秀色空山，春色已深，少女心头上的那一丝丝飘忽的愁绪便拂之难去了。不过，此时此刻，这样的心思又怎能让人知晓呢？欲说还休，欲去还留，她用踌躇犹豫表达出了自己的羞涩。

十二红，即小太平鸟，体似太平鸟而稍小，尾羽末端呈红色。分心，一种首饰，戴在正面使头发从中缝分开。

浣溪沙

一半残阳下小楼，朱帘斜控软金钩，倚阑无绪不能愁。　　有个盈盈骑马过，薄妆浅黛亦风流。见人羞涩却回头。

赏析

此词写得轻盈别致，一顿一挫，风情婉然。黄昏时分，词人凭栏独立，怅然无绪。正心意阑珊时刻，忽见楼下一貌美女子，淡妆素裹，骑马款款而过，蓦然回眸，别具娇羞。

盈盈，指仪态万方之女子，出自《古诗十九首》之二："盈盈楼上女，皎皎当窗牖。"

明 沈周 桃花书屋

浣溪沙

　　锦样年华水样流，鲛珠迸落更难收，病余常是怯梳头。　　一径绿云修竹怨，半窗红日落花愁。憪憪只是下帘钩。

赏析

　　花样般年华，似水样流年，青春如鸟儿一去不回，时光如鲛珠一般迸落。因畏见落发而惧怕梳头，坐看落花而又触景伤情。生命亦如半窗夕阳，转眼遁入虚空。修竹美似绿云，更平添几分惆怅。夜色已深，主人公等待良久而无所获，悻悻然落下窗帘。

　　鲛珠，张华《博物志》："南海水有鲛人，水居如鱼，不废织绩，其眼能泣珠。"

浣溪沙

　　肯把离情容易看，要从容易见艰难，难抛往事一般般。　　今夜灯前形共影，枕函虚置翠衾单。更无人与共春寒。

赏析

　　词写离情别思。"年少抛人容易去""始共春风容易别"，离别总是那样简简单单，总是不经意间就发现自己已经孤孤单单。而相逢却是如此艰难，不由得追悔万分，当初话别太容易。今夜灯下，抱影独坐，谙尽孤眠滋味。枕虚衾寒，一件件往事涌上心头，"眉间心上，无计相回避"。到此时才真正懂得，惟有离别而销魂。

　　一般般，一件件。王周《道中未开木杏花》："粉英香萼一般般，无限行人立马看。"

浣溪沙

败叶填溪水已冰，夕阳犹照短长亭，何年废寺失题名。　　倚马客临碑上字，斗鸡人拨佛前灯。净消尘土礼金经。

赏析

词人奔波于旅途，偶见荒败不知名之野寺，因有所感。于斜阳残照中，容若不知见得几多长短亭，正为自己的劳碌奔波而感到心碎无奈，只觉得忙碌于红尘琐事中毫无所谓。残枝败叶之外，偶然瞥见古刹一座，不由记起当年斗鸡人贾昌，富贵之际，以至于时人感叹"生儿不用识文字，斗鸡走马胜读书"，却最终依然栖宿于古寺，蔬食粗饭。这使他对自己的忙碌更加怀疑起来。

陈洪《东城父老传》载，唐人贾昌因驯鸡如神，得玄宗宠幸，享尽荣华富贵。后安史乱起，家为兵掠，一物无存，皈依佛寺，昼汲水灌竹，夜正观干禅室，日食粥一杯。金经，即《金刚经》。

浣溪沙

　　残雪凝辉冷画屏，落梅横笛已三更，更无人处月胧明。　　我是人间惆怅客，知君何事泪纵横。断肠声里忆平生。

赏析

　　词写月下闻笛而生悲凉落寞之感。月华似水，洒在残雪之上，使天地都为凄清的氛围所笼罩，连室内的画屏都泛着阵阵寒意。远处传来的一曲《梅花落》，到三更尤显悠扬婉转，仿佛在倾诉着满腹辛酸。同是天涯沦落人，这凄楚的曲调亦让词人泪湿青衫，他感受了曲调中饱含的凄凉，因为在这断肠之声使平生痛楚都闪现在他眼前。

　　落梅，古曲《梅花落》。高适《和王七玉门关听吹笛》："胡人吹笛戍楼间，楼上萧条海月闲。借问落梅凡几曲，从风一夜满关山。"

画堂春

一生一代一双人，争教两处销魂。相思相望不相亲，天为谁春。　　浆向蓝桥易乞，药成碧海难奔。若容相访饮牛津，相对忘贫。

赏析

词写生离死别之怅恨，或为悼亡之作。词人说本以为今生今世，不弃不离，携手白头，谁知天不遂人愿。若是黯然离别，天各一方，两地相思相望，哪怕如蓝桥觅梦，终有万一相见之希望；如今天人阻隔，阴阳殊途，相见无果，即使得到不死之药，也只落得碧海青天夜夜相思而已，这不能不令他撕心裂肺，百感交集，难乎为情。他唯有希翼乘槎而去，直至饮牛之津，与对方厮守于银河。

蓝桥，在陕西蓝田县东南蓝溪上，相传裴航于此处遇仙女云英，后访得玉杵臼，双双飞升。词中"药"指不死之药，《淮南子·览冥训》："羿请不死之药于西王母，姮娥窃之，奔月宫。"李商隐《嫦娥》："嫦娥应悔偷灵药，碧海青天夜夜心。"牛津，银河。张华《博物志》："旧说云天河与海通。近世有人居海渚者，年年八月，有浮槎来去，不失期。人有奇志，立飞阁于槎上，多赍粮，乘槎而去。……奄至一处，有城郭状，屋舍甚严。遥望宫中有织妇，见一丈夫牵牛渚次饮之。"韩偓《无题》："椋寻闻犬洞，槎入饮牛津。"

独生讨秋色，陈吟霜华
丛折来应有，露零乱
不因风

菊以黄为尚，乃紫次之故
月令独称黄，黄之寿永犹壮
丹之有姚魏也　　　恽寿平

清 恽寿平　菊花图

蝶恋花

准拟春来消寂寞。愁雨愁风，翻把春担阁。不为伤春情绪恶，为怜镜里颜非昨。　　毕竟春光谁领略。九陌缁尘，抵死遮云壑。若得寻春终遂约，不成长负东君诺。

赏析

原以为春天的到来，可以借以排遣心中的烦闷。可是接连几天风风雨雨，使自己的期待落空。眼看韶华流逝，朱颜已改，自己却还在尘世中消磨，纠缠于琐事俗务，不得高蹈世外，避居云壑之间。词人最终感叹，何日才能寻春归去，拂衣委巷，渔樵江渚。

九陌，京都大道。缁尘，黑色尘土，喻指尘俗之事。谢朓《酬王晋安》："谁能久京洛，淄尘染素衣。"东君，司春之神，晏殊《采桑子》："春风不负东君信，遍拆群芳。"

蝶恋花

眼底风光留不住，和暖和香，又上雕鞍去。欲倩烟丝遮别路，垂杨那是相思树。　　惆怅玉颜成间阻，何事东风，不作繁华主。断带依然留乞句，斑骓一系无寻处。

赏析

词写闺情，或有寄托。上阕写离别场面。暖洋洋的初春时刻，原野上散发着春草的阵阵香气。就在这草熏风暖之中，恋人跨上马鞍而去。佳人挽留不住心上人，就好像无限春光无法留住，终将逝去一样。她希望这烟丝柳条遮蔽住恋人离去的踪迹，免得勾起伤心的记忆，但那依依杨柳，在泪眼蒙眬中，又分明成为了相思之树。下阕写别后的惆怅。花开总有花落，春风如客，做不了繁华之主。离别已成事实，相见遥遥无期。当初写下的诗句历历在目，耳旁似乎还回响着呢喃细语，但情人却早已杳无踪影了。

"留乞句"两句，见李商隐《柳枝词序》："柳枝，洛中里娘也。……余从昆让山，比柳枝居为近。他日春曾阴，让山下马柳枝南柳下，咏余《燕台诗》。柳枝惊问：'谁人有此？谁人为是？'让山谓曰：'此吾里中少年叔耳。'柳枝手断长带，结让山为赠叔乞诗。"

蝶恋花

萧瑟兰成看老去，为怕多情，不作怜花句。阁泪倚花愁不语，暗香飘尽知何处。　　重阳旧时明月路，袖口香寒，心比秋莲苦。休说生生花里住，惜花人去花无主。

赏析

兰成为庾信之小字，陆龟蒙《小名录》："庾信幼而俊迈，聪敏绝伦。有天竺僧呼信为兰成，因以为小字。"杜甫《咏怀古迹五首》之一："庾信平生最萧瑟，暮年诗赋动江关。"词人说他一如晚年之庾信，日渐落寞萧瑟，不过庾信之伤感是为乡关之思，他却是为情所伤。这伤痕如此之深，即使徘徊花下，任花瓣萎落在地，也唯有默默不语，生怕牵动那情丝，但再次走在月下那条熟悉的小路上，还是忍不住想起了往事。袖口仿佛还残留着佳人的余香。当年佳人爱花惜花，笑言生生世世要与花为伴，如今花依然在风中摇曳，人却不在身旁了。词言"惜花人"已离去，当为悼念亡妻之作。

晓露庭除绣甀更晚风离披

燕归时　云溪渔

清　恽寿平　凤仙花图

蝶恋花

露下庭柯蝉响歇，纱碧如烟，烟里玲珑月。并著香肩无可说，樱桃暗解丁香结。　　笑卷轻衫鱼子缬，试扑流萤，惊起双栖蝶。瘦断玉腰沾粉叶，人生那不相思绝。

赏析

　　词写与情人共度夏夜的一个生活片段，极富浪漫气息。朦胧的月光下，两人挨肩而坐，庭中树上的知了也停止叫嚷，一切都是那么安静。并不需要有太多的话语，心中的愁绪在这一刻都随风远去。佳人调皮地卷起衣袖，蹑手蹑脚地去捕捉闪动的萤火虫，没想到惊动了早已栖息的一双蝴蝶。

　　玉腰指蝴蝶，陶谷《清异录》："温庭筠尝得一句云：'蜜官金翼使。'遍干知识，无人可属。久之，自联其下曰：'花贼玉腰奴。'予以谓道尽蜂蜨。"

落花时

夕阳谁唤下楼梯，一握香荑。回头忍笑阶前立，总无语，也依依。　　笺书直恁无凭据，休说相思。劝伊好向红窗醉，须莫及，落花时。

赏析

词写与佳人偶遇后相思难忘。上片描述当日邂逅的温馨场面。最令人销魂的，是阶前忍笑回头的那一刹那。那个时候，正值夕阳西下，佳人为人所唤，从小楼缓步而下，伫立阶前，回眸一笑，秋波一转，"便铁石人也意惹情牵"。下片写别后苦苦相思，但此情无由相通，令人沮丧，不如向红窗一醉，以化解心中愁肠，莫待花落空折枝。

踏莎美人

清明

拾翠归迟，踏青期近，香笺小迭邻姬讯。樱桃花谢已清明，何事绿鬓斜弹、宝钗横。　　浅黛双弯，柔肠几寸，不堪更惹其他恨。晓窗窥梦有流莺，也觉个侬憔悴、可怜生。

赏析

清明时节，烂漫的邻家小妹，迫不及待来信邀约，同去野外踏青。但闺中少女正为春恨所缠绕，芳心无主，终日怏怏，愁眉不展，连梳妆打扮的心情都没有，更不用说去见那残红愁绿，牵引出无数新恨。她的慵懒与娇弱，让滑过窗外的黄莺见了，也禁不住分外怜惜：何等春愁，憔悴如斯！

拾翠，拾取翠鸟的羽毛作首饰，后多指女子游春。吴融《闲居有作》："踏青堤上烟多绿，拾翠江边月更明。"

清 石涛 设色山水册（其一）

红窗月

燕归花谢，早因循、又过清明。是一般风景，两样心情。犹记碧桃影里、誓三生。　　乌丝阑纸娇红篆，历历春星。道休孤密约，鉴取深盟。语罢一丝香露、湿银屏。

赏析

词写女子独处闺中时纷扰的思绪。又到了燕子归来的时候，又到了桃花零落雨纷纷的清明时节，一样的风景，却是两种心情了。想想去年桃花丛中，相约密会，说尽千般誓愿的情形，她既感到甜蜜，又有些担心：我在这里痴痴地等着，对方究竟会不会辜负当时的盟约呢？看看信中的甜言蜜语，她似乎释然了。

碧桃，《青琐高议·贤鸡君传》："酒酣，（鲁敢）复入一洞，碧桃艳杏，香凝如雾。西真曰：'他日与君人间还，双栖于此。'君乃辞归。"

明　陈淳　园林花卉册页（其一）

赤枣子

惊晓漏，护春眠。格外娇慵只自怜。寄语酿花风日好，
绿窗来与上琴弦。

赏析

　　春天到了，少女的心事复杂起来。娇憨的模样逐渐褪去，她
开始顾影自怜了。风和日丽的时候，少女拿出琴弦慢慢调理，心
中若有所思，若有所待。

赤枣子

　　风淅淅,雨纤纤。难怪春愁细细添。记不分明疑是梦,梦来还隔一重帘。

赏析

　　春愁涌来,少女幽独自怜。柔和之风,细密之雨,让她恍恍迷离,似睡非睡,似醒非醒,莫可名状。前人有云"一重帘外即天涯,何必暮云遮"(许棐《喜迁莺》),但她的故事尚未发生,她也不知道等待自己的将会是些什么。

清　石涛　搜尽奇峰图

眼儿媚

　　重见星峨碧海槎,忍笑却盘鸦。寻常多少,月明风细,今夜偏佳。　　休笼彩笔闲书字,街鼓已三挝。烟丝欲袅,露光微泫,春在桃花。

赏析

　　词写久别重逢的旖旎场面,或以为是回家与爱妻团聚,恐未得当。词中言历经艰辛,终得见面,会聚之夕,满心喜悦。心情舒畅,便觉风日也好过往时。最后化用周邦彦词意,写室内青烟袅袅,暗香浮动,夜深人静,终于到了两人休息的时间了。周邦彦《荔枝香近》:"夜来寒侵酒席,露微泫。舄履初会,香泽方熏,无端暗雨催人,但怪灯偏帘卷。"

木兰花令

拟古决绝词

　　人生若只如初见，何事秋风悲画扇。等闲变却故人心，却道故心人易变。　　骊山语罢清宵半，泪雨零铃终不怨。何如薄幸锦衣郎，比翼连枝当日愿。

赏析

　　此词虽传诵甚广，但历来似乎多有误读。对于它的主旨，向来有两种说法。一种是论交友之道当始终不渝，因为有一刻本的副题明确注明"柬友"两字。友情的始终如一与爱情的始终不渝，两者确实有相同之处，但"柬友"之"友"，并非一定要理解为友情，恐怕理解为友人更为恰当。那也就是说，这首词可能是用来劝慰友人的，如劝慰他在某些方面诸如爱情等问题上不可过于执拗。

　　另一种说法认为是在以女子的口吻在驳斥薄情郎，从词中所用典故及词意来看，似乎不无不可。但作者说他是"拟《古决绝词》"，非拟《决绝词》或"拟古"。这两者意思刚好相反。古辞《白头吟》是因为变心而提出分手；元稹的《古决绝词》，则是相思难耐，无法承受，恨不得以决绝来求得解脱，所谓"有此迢递期，不如死生别。天公隔是妒相怜，何不便教相决绝"。这显然是一种遁词，终究是以极端的方式表达他们的执着罢了。容若所模拟的，从各方面来看，似乎是后者。

　　元稹说"一年一度暂相见，彼此隔河何事无"，两地分别，很多事情都会发生，这也就是容若所说的"等闲变却故人心"，不过两人的感情不会变，亦即元稹所谓"七月七日一相见，相见故心终不移"。词人强调"等闲"，强调"却道"，分明是说如果真为这些变故所影响，那这爱情也好，友情也罢，其实也就不值得珍惜了。因为"不变"，所以才"不怨"。班婕妤有怨，因为她预见了变故的发生；李隆基不怨，虽然有了变故发生，但他没有忘记往日的誓愿，他的痴情没有改变。元稹所痛斥的，是那种"分不两相守，恨不两相思"的漠然，李隆基或许算"薄幸"，但他的长相思还是让人感动。

读容若此词，当参看古辞《白头吟》所言"闻君有两意，故来相决绝"、元稹《古决绝词》其三所言"夜夜相抱眠，幽怀尚沉结。那堪一年事，长遣一宵说。但感久相思，何暇暂相悦。虹桥薄夜成，龙驾侵晨列。生憎野鹤性迟回，死恨天鸡识时节。曙色渐瞳瞳，华星欲明灭。一去又一年，一年何时彻。有此迢递期，不如死生别。天公隔是妒相怜，何不便教相决绝"，以及班婕妤《怨歌行》所言"新裂齐纨素，皎洁如霜雪。裁为合欢扇，团团似明月。出入君怀袖，动摇微风发。常恐秋节至，凉飙夺炎热。弃捐箧笥中，恩情中道绝"。

"骊山"一句，见陈鸿《长恨歌传》载杨贵妃语："昔天宝十载，侍辇避暑于骊山宫。秋七月牵牛织女相见之夕，……上凭肩而立，因仰天感牛女事，密相誓心，愿世世为夫妇。"

清
查士标
仿山水图

秋千索

锦帷初卷蝉云绕，却待要、起来还早。不成薄睡倚香篆，一缕缕、残烟袅。　　绿阴满地红阑悄，更添与、催归啼鸟。可怜春去又经时，只莫被、人知了。

赏析

词写佳人伤春。上片写佳人黎明醒来，躺着全无睡意，起床又实在太早，真可谓睡也无聊，醒也无聊，只好斜倚熏笼，呆望着那缕缕残烟，想着自己的心事。下片写春愁。听着室外鸟儿的啼叫，想着绿荫下定然是落红满地，佳人知道这春天又要归去了，她不禁有些气恼：春天既然要离去，何不悄悄一走了之？如今慢腾腾地闹出这般动静，让人何以为情？

锦帷，锦帐。蝉云，头发松散，盘绕如乌云。香篆，熏笼。经时，历久。

197

秋千索

　　药阑携手销魂侣,争不记、看承人处。除向东风诉此情,奈竟日、春无语。　　悠扬扑尽风前絮,又百五、韶光难住。满地梨花似去年,却多了、廉纤雨。

赏析

　　寒食日,在冬至后的一百零五天,白居易《寒食夜》:"四十九年身老日,一百五夜月明天。"此词是容若追忆去年情事。去年寒食日,他曾与佳人携手,漫步药栏,今年又到了清明时分,柳絮漫天飞舞,满地梨花依旧,佳人却杳无踪影。濛濛细雨中,词人默默伫立,不胜惆怅。《国朝词综》有副题"渌水亭春望",则词人作于自家苑中。

秋千索

游丝断续东风弱，浑无语、半垂帘幕。茜袖谁招曲槛边，弄一缕、秋千索。　　惜花人共残春薄，春欲尽、纤腰如削。新月才堪照独愁，却又照、梨花落。

赏析

东风无力，百花凋残，春天将去，衣带渐宽，人亦将老。帘幕低垂，闺中人独坐楼中，正百无聊赖之际，有女伴前来相邀，于曲槛处戏耍秋千。白天好不容易打发过去，漫长的夜晚紧随而来，人散后新月如钩。这样的夜晚，如何排遣？谢懋《蓦山溪》云"愁里见春来，又只恐、愁催春去。惜花人老，芳草梦凄迷，题欲遍，琐窗纱，总是伤春句"，词中说"惜花人老"，自是美人迟暮之意，而纳兰词中反复出现的"梨花落""惜花人"，当别有所指。

茶瓶儿

　　杨花糁径樱桃落。绿阴下、晴波燕掠。好景成担阁。秋千背倚，风态宛如昨。　　可惜春来总萧索。人瘦损、纸鸢风恶。多少芳笺约。青鸾去也，谁与劝孤酌？

赏析

　　词写别离相思，即"春来总萧索"之情。杨花铺满小路，樱桃落尽，蝴蝶翻飞，晴光潋滟，燕子从水面轻快地划过。春光灿烂，想必佳人，也如春风，依然风姿绰约。只可惜面对如此美景，词人却心情落寞，日渐憔悴。佳人一去，从此他孤酌独饮，分外萧索。

　　糁径，铺洒在小路上。杜甫《绝句漫兴》："糁径杨花铺白毡，点溪荷叶叠青钱。"李煜《临江仙》："樱桃落尽春归去，蝶翻轻粉双飞。"青鸾，此处指青年女子。柳永《木兰花》："坐中年少暗消魂，争问青鸾家远近。"

太常引

晚来风起撼花铃，人在碧山亭。愁里不堪听，那更杂、泉声雨声。　　无凭踪迹，无聊心绪，谁说与多情。梦也不分明，又何必、催教梦醒。

赏析

词写无聊心绪。上片先极力描摹环境的幽静，用微风中颤动的风铃声、泉水的叮咚声及细雨的淅沥声加以反衬，但由于词人心情的愁闷，这清脆的声响反而让他烦闷焦虑。下片交代焦躁不安的原因。那是因为日有所思，夜有所梦，但梦中的愿望尚未实现就醒了过来，这自然使人无比惆怅。

转应曲

　　明月，明月。曾照个人离别。玉壶红泪相偎。还似当年夜来。来夜，来夜。肯把清辉重借。

赏析

　　此词看似浅约，明白如话，实则情极深婉，意味悠长。佳人一入深宫，便音容渺茫。即使天遂人愿，清辉照见当年离人，也只徒增烦忧而已。"玉壶红泪""夜来"等典故，巧妙地嵌入其中，可谓淡语天成，妙合无垠。难言之事与难堪之情，都得以展露。

　　王嘉《拾遗记》卷七："文帝所爱美人，姓薛，名灵芸，常山人也。……时文帝选良家子女以入六宫，习以千金宝赂聘之，既得，乃以献文帝。灵芸闻别父母，歔欷累日，泪下沾衣。至升车就路之时，以玉唾壶承泪，壶则红色。既发常山，及至京师，壶中泪凝如血。""灵芸未至京师十里，帝乘雕玉之辇以望车徒之盛，嗟曰：'昔者言"朝为行云，暮为行雨"，今非云非雨，非朝非暮。'改灵芸之名曰'夜来'，入宫后居宠爱。"

山花子

　　林下荒苔道韫家，生怜玉骨委尘沙。愁向风前无处说，数归鸦。　　半世浮萍随逝水，一宵冷雨葬名花。魂似柳绵吹欲碎，绕天涯。

赏析

　　此词为悼亡之作。上片说可怜才女香消玉殒，使自己顿失知音，满腹心事无处诉说，日暮乡关，数尽寒鸦。下片写词人半生飘零，彷徨无依，好不容易找到情感归宿，却又在一夜之中丧失知己，此后梦魂便如柳絮杨花，漂泊天涯。谢道韫，谢安侄女，王凝之的妻子，有诗才。

宋 佚名　霜篠寒雏图

山花子

小立红桥柳半垂，越罗裙飔缕金衣。采得石榴双叶子，欲贻谁？　　便是有情当落日，只应无伴送斜晖。寄语东风休著力，不禁吹。

赏析

词写春日少女的情思。独立小桥，柳条半垂，微风吹过，罗裙轻飔。这样美好的日子，少女却心事重重。当日杜秋娘高唱"劝君莫惜金缕衣，劝君惜取少年时。花开堪折直须折，莫待无花空折枝"，如今少女也不愿年华虚掷。她想尽快寻找到自己的归宿，但又能托付给谁呢？眼看春天又要被东风吹走，她依然有情而无伴，不禁有些急了。

越罗，越地所产之丝织物，轻柔精美。缕金衣，金缕衣。

菩萨蛮

窗前桃蕊娇如倦，东风泪洗胭脂面。人在小红楼，离情唱《石州》。　　夜来双燕宿，灯背屏腰绿。香尽雨阑珊，薄衾寒不寒。

赏析

词写闺中女子孤寂无奈之状。春雨过后，窗前的桃花经过一番冲刷，显出几分零落与散乱，往日熠熠的风采也为倦怠的神色所替代，好比浓妆艳抹的女子，脸上挂满道道泪痕。春意阑珊，闺中人百无聊赖，唯有高唱《石州曲》来抒发别离之情。夜晚降临，更觉孤苦。燕子尚且双宿双飞，人不如燕，幽凄独处，在昏暗的灯光中，辗转难眠。

《石州》，乐府商调曲名，多表达凄怆哀怨之情，李商隐《代赠二首》之二："东南日出照高楼，楼上离人唱《石州》。"

菩萨蛮

萧萧几叶风兼雨，离人偏识长更苦。欹枕数秋天，蟾蜍早下弦。　　夜寒惊被薄，泪与灯花落。无处不伤心，轻尘在玉琴。

赏析

词写离别相思之苦，短幅中有无数曲折。风雨交加，萧萧叶落，漫漫长夜，孤枕难眠，数着飘零的落叶打发时间。一片一片，不知不觉就到了后半夜。寒意上来，独守空房的日子更为凄苦。伤心的泪珠悄然滑下，与跳落的灯花一样无人知晓。泪眼之中，触目尽是难堪的回忆。连往日抒发心曲的玉琴，也布满了灰尘。

蟾蜍，代指月亮。李石《临江仙》："日暮不来朱户隔，碧云高挂蟾蜍。"

菩萨蛮

　　春云吹散湘帘雨，絮粘蝴蝶飞还住。人在玉楼中，楼高四面风。　　柳烟丝一把，暝色笼鸳瓦，休近小阑干，夕阳无限山。

赏析

　　此词纯粹写景，但惆怅的情怀依然隐约可见。春云漂浮，去留无意；蝴蝶双飞，乍走乍还。佳人独坐玉楼，见春色渐深，一阵风，一阵雨，风雨之后，匆匆春又归去。在蒙蒙烟雾之中，婆娑的柳丝若隐若现，慢慢模糊一片，最终连小楼也沉浸在暮色之中。山映斜阳，人在斜阳外。即使靠近阑干去眺望，也难觅踪影，只徒增惆怅罢了。

菩萨蛮

隔花才歇廉纤雨，一声弹指浑无语。梁燕自双归，长条脉脉垂。　　小屏山色远，妆薄铅华浅。独自立瑶阶，透寒金缕鞋。

赏析

词写春愁别恨。佳人屈指一算，良人离别已久，千愁万绪，顿时涌上心头。环顾室内室外，闺阁庭院，寻寻觅觅，几处徘徊。站定石阶，看燕子双飞微雨中，柳条摇摆春风里，不知不觉湿透了鞋袜。弹指，极言其短，司空图《偶书五首》之四："平生多少事，弹指一时休。"

菩萨蛮

阑风伏雨催寒食，樱桃一夜花狼藉。刚与病相宜，锁窗薰绣衣。　　画眉烦女伴，央及流莺唤。半晌试开奁，娇多直自嫌。

赏析

词写少女思春的情态。寒食时节，风雨不定，气候多变换，极易生病。少女身体刚刚有所好转，就急急忙忙打开奁笼，迫不及待地试穿春衣。由于大病初愈，气力不足，连画眉都得让女伴帮忙，开箱检衣这样的小事也让她气喘吁吁，她自己对这娇弱的身躯也有些不满了。阑风伏雨，夏秋之交的风雨，后指风雨不止。杜甫《秋雨叹》："阑风伏雨秋纷纷。"薰绣衣，用香料薰衣。

宋 佚名 梨花鹦鹉图

菩萨蛮

　　梦回酒醒三通鼓，断肠啼鴂花飞处。新恨隔红窗，罗衫泪几行。　　相思何处说，空有当时月。月也异当时，团圞照鬓丝。

赏析

　　词写刻骨相思。酒醒时分，三更已过。本想借酒浇愁，拟一醉方休以解难耐相思，谁知夜半醒来，相思涌上心头，更为难耐。恰在此时，窗外传来杜鹃悲啼，似乎也在叫着不如归去，但自己归向何方呢？满腹心事，又能向谁诉说？前人曾言"当时明月在"（晏几道《临江仙》），但现在连这明月，也与往日不同了。啼鴂，即杜鹃，苏轼《蝶恋花》："小院黄昏人忆别，落红处处闻啼鴂。"

醉桃源

斜风细雨正霏霏，画帘拖地垂。屏山几曲篆香微，
闲亭柳絮飞。　　新绿密，乱红稀。乳莺残日啼。余寒
欲透缕金衣，落花郎未归。

赏析

　　词写闺情。斜风细雨，帘幕低垂，闺中人以手支颐，驻目春柳，
久久不动，惆怅若失。想必那风雨之后，即是绿肥红瘦，阵阵莺啼，
急忙送春归去。流光易逝，芳年易老，大好青春又在等待中虚掷了。

清　石涛　江山胜揽图卷

昭君怨

　　暮雨丝丝吹湿，倦柳愁荷风急。瘦骨不禁秋，总成愁。　　别有心情怎说，未是诉愁时节。谯鼓已三更，梦须成。

赏析

　　秋日黄昏，晚风正急，满目红衰绿败。微雨随风飘至，带来丝丝凉意。秋风秋雨愁煞人，更何况相思正浓。辗转难眠，一直折腾到夜半时分，谯楼传来了三通鼓，他暗自询问自己：这时候总该可以进入梦乡了吧？谯鼓，城门了望楼上的更鼓。

清平乐

青陵蝶梦，倒挂怜幺凤。褪粉收香情一种，栖傍玉钗偷共。　　惜惜镜阁飞蛾，谁传锦字秋河。莲子依然隐雾，菱花暗惜横波。

赏析

词写对往日爱侣的怀念。化蝶的传说虽然美好，却是心碎后的怅望，死别后的一种心理补偿。词人也知道梦想终究只是梦想，蓬莱珍禽，绿衣使者，固然非尘埃间之物，但毕竟是万一之希望。往事已成风，情意尚未消散，可是如何传达自己的这份牵挂呢？更让词人揪心的是，他在风中怅望，却不知对方的情感是否一如既往。看着架上停留的鹦鹉，词人感慨万端。

此词多化用李商隐之诗意，亦如李诗写得婉丽缠绵而又隐晦迷离，词人闪烁其辞，或当有所指。音信阻隔，可能是阴阳相隔，也可能是天各一方，"侯门一入深似海"。

清平乐

风鬟雨鬓，偏是来无准。倦倚玉兰看月晕，容易语低香近。　　软风吹遍窗纱，心期便隔天涯。从此伤春伤别，黄昏只对梨花。

赏析

　　词或以为赠女友，或以为忆赠友人梁汾，但无论何者，均属伤春伤别。所谓"语低香近"，乃是化用晏几道词意，写临别低徊，行人为别绪所苦，故以"莫道后期无定，梦魂犹有相逢"强作安慰，似无缱绻旖旎之态。上片写久约不至，顾盼之余，心思慵懒，倦倚小楼，望月怀人。下片写窗前独坐，任清风吹拂，相思愈浓，顿生咫尺天涯之感。"心期便隔天涯"，道尽离人相思之苦。只要有离别，无论距离远近，相思涌上心头，便如隔天涯。

　　风鬟雨鬓，鬓发蓬松。李朝威《柳毅传》："见大王爱女牧羊于野，风鬟雨鬓，所不忍睹。"李清照《永遇乐》："如今憔悴，风鬟雾鬓。怕见夜间出去。"心期，相思。晏几道《采桑子》："心期昨夜寻思遍，犹负殷勤。齐斗堆金。"

清平乐

　　画屏无睡，雨点惊风碎。贪话零星兰焰坠，闲了半床红被。　　生来柳絮飘零，便教咒也无灵。待问归期还未，已看双睫盈盈。

赏析

　　词写不胜娇柔的分别场景。临别前夜，双栖缱绻，絮絮低语，极尽缠绵，以至灯花落尽，东方将晓，也不愿睡去。尽管无法面对，分离的时刻还是来临。身如柳絮，随风飘零，情人苦苦挽留，终是无济于事。分离既然不可避免，待调转话头追问团聚之日。话未出口，泪水已经充盈眼眶。她意识到：身不由己的他连分离都无法掌控，更遑论归程？

清　王翬　柳岸江洲图

清平乐

将愁不去，秋色行难住。六曲屏山深院宇，日日风风雨雨。　　雨晴篱菊初香，人言此日重阳。回首凉云暮叶，黄昏无限思量。

赏析

秋色日深，情思日浓。庭院深处，独掩屏风，隔绝外面的风风雨雨，免得淅淅沥沥的风雨声，搅碎人的好梦。雨过天晴，篱边的菊花散发出阵阵幽香。又到了重阳日，黄昏时候，凭栏眺望，凉云掠过，枯叶飘落，一派凄凉。

清平乐

孤花片叶，断送清秋节。寂寂绣屏香篆灭，暗里朱颜消歇。　　谁怜散髻吹笙，天涯芳草关情。懊恼隔帘幽梦，半床花月纵横。

赏析

词写秋日相思之情。清秋时节，万叶飞落，一片萧索。佳人独处深闺，眼看朱颜日趋憔悴。夜来一帘幽梦，又为月华搅碎。起坐散髻吹笙，情人远在天涯，幽独无人怜惜。清秋节，重阳节。李白《忆秦娥》词："乐游原上清秋节，咸阳古道音尘绝。"香篆，形似篆文之香。

淡黄柳

咏柳

三眠未歇，乍到秋时节。一树斜阳蝉更咽，曾绾灞陵离别。絮已为萍风卷叶，空凄切。　　长条莫轻折，苏小恨、倩他说。尽飘零、游冶章台客。红板桥空，溅裙人去，依旧晓风残月。

赏析

词咏秋日之柳。春日之柳，年年伤别，固然使人柔肠寸断，但毕竟曾执手相看；清秋时节，风卷残叶，人去楼空，只剩下斜阳与蝉声哽咽，欲折长条而不得，更令人深感凄婉。

苏小，即苏小小，白居易《杭州春望》："涛声夜入伍员庙，柳色春藏苏小家。"章台客，韩翃《寄柳氏》："章台柳，章台柳，昔日青青今在否？纵使长条似旧垂，亦应攀折他人手。"

满宫花

盼天涯，芳讯绝，莫是故情全歇。朦胧寒月影微黄，
情更薄于寒月。　　麝烟销，兰烬灭，多少怨眉愁睫。
芙蓉莲子待分明，莫向暗中磨折。

赏析

词写长久相思所滋生的忐忑与疑虑，细腻生动，颇富民歌风
致。天各一方，音讯久绝，女子心中不知不觉产生了丝丝疑虑：
难道往日的情分就这样随着岁月流逝殆尽，竟无半点遗存？这么
长时间怎么会没有半点消息？失望之下，她甚至对情感本身也产
生了怀疑。往日柔情似水，如今想来，直似那寒夜中的朦胧月色，
带来的是阵阵凉意。辗转反侧，思来想去，熬过了多少无眠长夜，
仍然无法把握对方的想法。她祈求早日得到一个肯定的答案，使
她能从痛苦的折磨中解脱出来，哪怕是一个并不太好的消息。

兰烬，燃烬后烛心，状似兰花。皇甫松《梦江南》："兰烬落，
屏上暗红蕉。"芙蓉，喻"夫容"。莲子，怜子。《子夜歌》："雾
露隐芙蓉，见莲不分明。""乘风采芙蓉，夜夜得莲子。"

秋水

听雨

谁道破愁须仗酒，酒醒后，心翻醉。正香销翠被，隔帘惊听，那又是、点点丝丝和泪。忆剪烛、幽窗小憩。娇梦垂成，频唤觉、一眶秋水。　　依旧乱蛩声里，短檠明灭，怎教人睡。想几年踪迹，过头风浪，只消受、一段横波花底。向拥髻、灯前提起。甚日还来，同领略、夜雨空阶滋味。

赏析

词写雨夜独卧时的纷乱思绪，由雨声散发开去，想到了他风风雨雨的人生，想到风雨中佳人的期盼，想到何日共剪西窗之烛，话巴山夜雨。词人本拟借酒浇愁，酒醒时分，反而更觉凄凉。帘外雨声淅沥，点点滴滴，都是离人辛酸之泪。灯火明灭，蛩声时起，雨声中回顾平生，有无数凄婉低回，也有几分温馨甜蜜。这些年来四处飘零，遭受多少无端风雨，但想起佳人顾盼的流波，那一泓秋水，怅然中平添无数柔情。

虞美人

曲阑深处重相见，匀泪偎人颤。凄凉别后两应同，最是不胜清怨月明中。　　半生已分孤眠过，山枕檀痕涴。忆来何事最销魂，第一折枝花样画罗裙。

赏析

我对你念念不忘的，究竟是什么？在这大半生都是踽踽独行的日子，刻骨铭心的记忆似乎就是你的罗裙，那画有折枝花样的罗裙，总是闪现在我脑海。而当庭院深处，两相依偎，重逢一旦成为现实，往日凄苦的思念都变成美好的回忆，泪水也不再因辛酸而流出。

折枝，花卉画画法之一，即不画全株，只画连枝折下的部分。韩偓《已凉》诗："碧阑干外绣帘垂，猩血屏风画折枝。"

虞美人

秋夕信步

　　愁痕满地无人省，露湿琅玕影。闲阶小立倍荒凉。还剩旧时月色在潇湘。　　薄情转是多情累，曲曲柔肠碎。红笺向壁字模糊，忆共灯前呵手为伊书。

赏析

　　秋霄残月，信步于闲庭，竹影婆娑，露湿翠微。抬眼望去，荒寂无人，满目凄凉，除了水面上的明月与当年有几分相似，随着时间的流逝，一切都褪去了昔日的光彩。就连伊人所写的书信，字迹也变得模糊起来。原以为自己不算多情之人，过去的一切都已为时间所抹去，可当年灯下，呵手一同写字的画面，却是那样的清晰，让人柔肠寸碎。

明　王鉴　仿古山水图

临江仙

　　点滴芭蕉心欲碎，声声催忆当初。欲眠还展旧时书。鸳鸯小字，犹记手生疏。　　倦眼乍低缃帙乱，重看一半模糊。幽窗冷雨一灯孤。料应情尽，还道有情无。

赏析

　　雨打芭蕉，点点滴滴，催人心碎。想睡又无法安睡，不由自主地翻开往时的书信，回忆起当初飞鸿往来的日子。那个时候，她的字是那样的稚嫩，一如情感的淳朴。这些记忆一页页翻开，泪水立刻填满了眼眶。泪眼朦胧中，手中的书信也模糊起来。转头遥望窗外，不仅苦笑：这么多年过去了，以为当初的痴情也随风而逝了，谁知它们还深藏在心底。

　　鸳鸯字，表达情爱的文字。欧阳修《南歌子》："弄笔偎人久，描花试手初。等闲妨了绣功夫。笑问双鸳鸯字、怎生书。"缃帙，浅黄色的书套，此泛指书籍。

临江仙

　　昨夜个人曾有约，严城玉漏三更。一钩新月几疏星。夜阑犹未寝，人静鼠窥灯。　　原是瞿唐风向阻，错教人恨无情。小阑干外寂无声。几回肠断处，风动护花铃。

赏析

　　词写未能与情人约会的复杂心绪。昨晚相约见面，临行前却踌躇起来，鼓不起勇气，到了深夜还犹豫不决。第二天醒来，心中依然徘徊不定，担心对方不能理解自己所承担的压力，从而责怪自己薄情。在荡漾的风铃声中，她还在苦苦思量：自己的选择真的是对的么？有没有两全其美的办法呢？

　　严城，戒备森严的城池。护花铃，为保护花朵驱赶鸟雀而设置的铃。王仁裕《开元天宝遗事·花上金铃》："至春时，于后园中纫红丝为绳，密缀金铃，系于花梢之上。每有鸟鹊翔集，则令园吏掣铃索以惊之，盖惜花之故也。"张炎《浣溪沙》："乍减楚衣收带眼，初匀商鼎熨香心。燕归摇动护花铃。"

临江仙

寒柳

　　飞絮飞花何处是，层冰积雪摧残。疏疏一树五更寒，爱他明月好，憔悴也相关。　　最是繁丝摇落后，转教人忆春山。湔裙梦断续应难，西风多少恨，吹不散眉弯。

赏析

　　繁丝摇落，飞絮散尽，冬日之寒柳备受摧折，在层冰积雪中显得落寞萧瑟。虽然所有的梦想都离它远去，但这种憔悴模样也让人着迷。纳兰词中咏柳之作较多，就季节而言，所咏有春日之柳、秋日之柳与寒冬之柳，其中以这首"寒柳"词最为人称颂。一方面固然是穷苦之言易好，而容若犹擅此郁悒之调；另一方面，则是这首"寒柳"词借物以寓性情，非独沾咏一物，既能生动地展示出寒柳之姿态，又能不黏着于物上，透过所写之物展示出人的情操。陈廷焯《白雨斋词话》卷八："容若《饮水词》，才力不足。合者得五代人凄惋之意。余最爱其《临江仙·寒柳》云：'疏疏一树五更寒。爱他明月好，憔悴也相关。'言中有物，几令人感激涕零。容若词亦以此篇为压卷。"

临江仙

夜来带得些儿雪，冻云一树垂垂。东风回首不胜悲。叶干丝未尽，未死只颦眉。　　可忆红泥亭子外，纤腰舞困因谁？如今寂寞待人归，明年依旧绿，知否系斑骓。

赏析

此首与前篇意旨相近，当为同时同题之作。上片说夜来一阵风雪，寒柳饱受摧残，但枝干叶枯而丝未断，只要一气尚存，面对冰霜严寒，仅仅蹙柳叶眉而已。下片说明年春风吹来，依旧舞动纤腰，以葱葱绿荫与红泥亭子相映成趣，系住荡子斑骓，免除闺中寂寞。

临江仙

孤雁

霜冷离鸿惊失伴，有人同病相怜。拟凭尺素寄愁边，愁多书屡易，双泪落灯前。　莫对月明思往事，也知消减年年。无端嘹唳一声传，西风吹只影，刚是早秋天。

赏析

词咏离群之孤雁，亦写其同病相怜之情怀。秋天刚到，只见西风中一只孤雁掠过，同时耳畔传来凄凉的哀鸣声。失去伴侣的哀雁，在归程中显得那样孤单，这使词人想到了自己的处境，听到这一声声哀鸣，禁不住泪落灯前。拿出纸笔，准备给写信寄予远方，却因满腹心事，拿捏不定，提笔即反复窜易修改。

清 恽寿平　山水花卉神品册（其一）

临江仙

　　丝雨如尘云著水，嫣香碎拾吴宫。百花冷暖避东风。
酷怜娇易散，燕子学偎红。　　人说病宜随月减，恹恹
却与春同。可能留蝶抱花丛。不成双梦影，翻笑杏梁空。

赏析

　　细雨如丝，悄无声息，润入尘土之中。东风无力，百花凋残，
芬香散尽小园。蝴蝶双双飞舞，穿梭往来于衰红翠绿之中。"酷
怜风月为多情，还到春时别恨生。"（张泌《寄人》），此情此景，
唯有黯然销魂而已。

明　仇英　赤壁图

于中好

　　独背斜阳上小楼，谁家玉笛韵偏幽。一行白雁遥天暮，几点黄花满地秋。　　惊节序，叹沉浮，秾华如梦水东流。人间所事堪惆怅，莫向横塘问旧游。

赏析

　　词写对旧游者的怀念。秋日黄昏，词人独上小楼，见黄花点点，大雁南飞，耳畔又传来悠扬笛声，便惊诧于季节的变换、岁月的流逝，惆怅中不禁想起了南方的友人。横塘为江南古堤名，诗词中常以堤与情诗相连温庭筠《池塘七夕》："万家砧杵三篙水，一夕横塘似旧游。"

于中好

雁帖寒云次第飞，向南犹自怨归迟。谁能瘦马关山道，又到西风扑鬓时。　　人杳杳，思依依，更无芳树有乌啼。凭将扫黛窗前月，持向今宵照别离。

赏析

上片写词人羁旅情怀。秋风正浓，大雁迫不及待，匆促南飞，唯恐落后。而自己有家难回，犹自骑着瘦马，一年又一年，迤逦在古道之上，任西风扑面而来。下片写佳人幽思。离人杳无踪迹，佳人愁思依依，再无心情寻芳弄草，整日呆在深闺中，任凭月落乌啼。无聊之极，随手闲拂窗前月光，想起这月光也正落在离人身上。

南乡子

秋暮村居

红叶满寒溪，一路空山万木齐。试上小楼极目望，高低，一片烟笼十里陂。　　吠犬杂鸣鸡，灯火荧荧归路迷。乍逐横山时近远，东西，家在寒林独掩扉。

赏析

词写秋日山村之暮景。一路行来，空山寂寥，万木萧索，红叶满溪。词人登楼眺望，暮色苍茫。犬吠鸡鸣声中，灯火已黄昏，星星点点，时近时远，若隐若现。逶迤而行，他穿过寒林，回到了静谧的小屋。

宋 佚名　秋花图页

南乡子

为亡妇题照

泪咽却无声，只向从前悔薄情。凭仗丹青重省识，盈盈，一片伤心画不成。　　别语忒分明，午夜鹣鹣梦早醒。卿自早醒侬自梦，更更，泣尽风檐夜雨铃。

赏析

这是一首题画词，为亡妻而作。抚摸着亡妻的画像，悲上心头，无声抽泣。悔不该当初没能好好珍惜，如今只能凭借画像，回忆她的音容。但"意态由来画不成"，这样的画像只会让自己更为悲伤。诀别时的话语还在耳畔回响，比翼齐飞的梦想早已破碎。亡妻终于脱离苦海，只剩下自己在这无味的尘世间煎熬。当年唐玄宗用《雨霖铃》来寄寓"天长地久有时尽，此恨绵绵无绝期"的悲恸心情，如今我拿什么来告慰你呢？唯有无尽的热泪了。

鹣鹣，比翼鸟，《尔雅·释地》："南方有比翼鸟焉，不比不飞，其名谓之鹣鹣。"

南乡子

飞絮晚悠飏，斜日波纹映画梁。刺绣女儿楼上立，柔肠。爱看晴丝百尺长。　　风定却闻香，吹落残红在绣床。休堕玉钗惊比翼，双双。共啄苹花绿满塘。

赏析

词写女儿时刺绣的春情幽思，灵气勃发。傍晚时候，柳絮漫天飞舞。微风轻轻拂过池塘，使画楼的倒影也随之荡漾。楼上刺绣的女孩，心有所思，柔肠百转，情思一缕，幽幽难言。风定花犹落，片片入绣床。也许该梳妆打扮一下了，但梳妆后给谁欣赏呢？看看池塘并行的鸟儿，不由得痴了。唉，水鸟吃食吮吸貌。

南乡子

捣衣

鸳瓦已新霜，欲寄寒衣转自伤。见说征夫容易瘦，端相，梦里回时仔细量。　　支枕怯空房，且拭清砧就月光。已是深秋兼独夜，凄凉，月到西南更断肠。

赏析

副题既然是"捣衣"，自然不外思妇之情、征夫之怨，所谓"长安一片月，万户捣衣声。秋风吹不尽，总是玉关情"（李白《子夜吴歌》），此词也不例外，但能将绮思柔意，写得饶有情致。尤其是"梦里回时仔细量"一句，写思妇决定去梦中仔细端详远戍的丈夫，以判定他是否消瘦了，真可谓腐草化萤，想落天外，把妻子的焦虑与牵挂表现得细致入微。

南乡子

柳沟晓发

灯影伴鸣梭，织女依然怨隔河。曙色远连山色起，青螺，回首微茫忆翠娥。　　凄切客中过，料抵秋闺一半多。一世疏狂应为著，横波，作个鸳鸯消得么？

赏析

进入仕途之后，容若或随扈，或出使，往往奔波于道路之中，不免身心俱疲，是词表现他的厌倦与无奈。曙色才动，已行迹匆匆。远山恰似青螺，让他忆起翘首以待的佳人。聚少离多，大好年华总是在客中度过。真希望能为粉红而疏狂，葬身温柔之乡。柳沟，在今北京延庆八达岭北。

踏莎行

春水鸭头，春衫鹦嘴，烟丝无力风斜倚。百花时节好逢迎，可怜人掩屏山睡。　　密语移灯，闲情枕臂，从教酝酿孤眠味。春鸿不解讳相思，映窗书破人人字。

赏析

词写春情。春天到了，春水碧绿，烟丝袅袅，东风无力，春衫微飘。百花齐放时节，正当饱览这大好春色，佳人却掩起屏风，倒头闷睡。因为这陌头杨柳之色，使她怅然若失。当年窗前灯下，夜半私语。如今挑尽残灯，斜欹枕头，尝尽了孤眠的滋味。她怕见春色，躲进小楼，但大雁偏偏不遂人愿，非得排成人字从窗前飞过。

鸭头，形容水色之绿。苏轼《送别》："鸭头春水浓如染，水面桃花弄春脸。"百花时节，旧俗以农历二月十五为百花生日。徐凝《读远书》："两转三回读远书，画檐愁见燕归初。百花时节教人懒，云髻朝来不欲梳。"

剪湘云

送友

险韵慵拈，新声醉倚。尽历遍情场，懊恼曾记。不道当时肠断事，还较而今得意。向西风、约略数年华，旧心情灰矣。　　正是冷雨秋槐，鬓丝憔悴。又领略、愁中送客滋味。密约重逢知甚日，看取青衫和泪。梦天涯、绕遍尽由人，只尊前迢递。

赏析

"剪湘云"为顾贞观自度曲，乃是赋秋海棠之作，其词云："瘦却胜烟，娇偏宜雨。傍窥宋墙阴，目断初遇。别是幽情脂粉外，那得红丝轻许。系天涯、归梦绿罗裙，添两眉愁聚。谁念补屋牵萝，卖珠回去。正袖薄天寒，风韵凄楚。小蟃凌波铅泪滴，剪破湘云一缕。向西风、密约美人蕉，和影儿私语。"

容若是词，借此调以送别友人，按照旧例，或当为顾贞观远行而作。上片说他与友人倚新填词，阅尽欢场，其间虽有不少懊恼，但现在想来只剩下了得意。不过，这些都已经成为过去，如今再也没有这样的心绪了。下片说在秋槐叶落、冷雨飘散的季节，在鬓丝憔悴、心情黯淡的时刻，登临送别，尝尽了苦涩滋味。相逢之日难期，只得更进一杯酒，从此让梦魂追随天涯海角。

闹全氣象屬高
視人表如綺里東國
衣對甚偉危坐眉
莶下际五陵年少
表爲輕鮮不覺
氣索

臨闹全太行山色
石谷王火生真有
北地沉鬱之氣不以
妥枝取妍爲我

清 恽寿平　仿古山水册

鹊桥仙

梦来双倚，醒时独拥，窗外一眉新月。寻思常自悔分明，无奈却、照人清切。　　一宵灯下，连朝镜里，瘦尽十年花骨。前期总约上元时，怕难认、飘零人物。

赏析

梦中与爱人相依相拥，醒来却发现是孤枕独眠。望着窗外的那轮新月，不禁懊悔万分：当初月下共处，总是不甚珍惜，以为来日方长。转眼分离已经十年，灯下镜中，映出的是憔悴的身影。以往上元时节，灯、月依旧，不见伊人。今日纵使相见，也应难识我这飘零之人了。词为悼亡之作，结语有苏轼"纵使相逢应不识"之意。

鹊桥仙

倦收缃帙，悄垂罗幕，盼煞一灯红小。便容生受博山香，销折得、狂名多少。　　是伊缘薄，是侬情浅？难道多磨更好？不成寒漏也相催，索性尽、荒鸡唱了。

赏析

词写痛失爱情后的不甘心理。上片描写欢情。夜深人定，漫卷诗书，等待佳人莅临，享尽人间至乐，不复有所拘检，赢得一时狂名。下片抒写失意。寒夜独坐，偏听阒寂，直至荒鸡长鸣而犹有不甘：到底是缘分太薄，还是你我用情过浅？难道好事非得多磨？荒鸡，三更以前啼叫的鸡。

添字采桑子

闲愁似与斜阳约，红点苍苔，蛱蝶飞回。又是梧桐新绿影，上阶来。　　天涯望处音尘断，花谢花开，懊恼离怀。空压钿筐金缕绣，合欢鞋。

赏析

词写闺情离思。每当夕阳西下，就是离愁潜滋暗长的时候，何况此刻蛱蝶双双起舞，来回盘旋。月光徘徊，将梧桐新绿之影送上台阶，似乎也要告诉佳人又是一年春暮了。离人远在天涯，音信隔绝，不知何时能归来。而岁月如梭，人生又能历经多少花谢花开？大好年华只是在等待中虚掷了。佳人精心制作的合欢鞋，也无用武之地，被深藏在箱箧之中了。

百字令

废园有感

片红飞减，甚东风不语，只催漂泊。石上胭脂花上露，谁与画眉商略。碧甃瓶沉，紫钱钗掩，雀踏金铃索。韶华如梦，为寻好梦担阁。 又是金粉空梁，定巢燕子，一口香泥落。欲写华笺凭寄与，多少心情难托。梅豆圆时，柳棉飘处，失记当时约。斜阳冉冉，断魂分付残角。

赏析

词人来到废园，四处衰红败绿，枯井布满苔藓，惟有飞来飞去、叽叽喳喳的鸟雀，才给这片荒芜的园地带来一丝生机，这让他有韶华如梦、似水流年之感。柳絮飞舞，梅子青如豆，当日与友人之约定业已成空。他想把自己的感触写给对方，却又不知从何说起，断角残钟中，只好把一腔落寞寄与斜阳。

瓶，汲水之瓶。崔备《清溪路中寄诸公》："别来无信息，可谓井瓶沉。"紫钱，苔藓。李贺《过华清宫》："云生朱络暗，石断紫钱斜。"

百字令

　　人生能几，总不如休惹、情条恨叶。刚是尊前同一笑，又到别离时节。灯炧挑残，炉烟爇尽，无语空凝咽。一天凉露，芳魂此夜偷接。　　怕见人去楼空，柳枝无恙，犹扫窗间月。无分暗香深处住，悔把兰襟亲结。尚暖檀痕，犹寒翠影，触绪添悲切。愁多成病，此愁知向谁说。

赏析

　　词写情人分离时的复杂心情。人生短暂，而快乐的日子尤为紧促。倘若情动于中，有所牵挂，更感觉时光如梭。似乎是刚刚聚首，就又到了匆匆话别的时刻。炉烟散尽，残灯将灭，已经没有停留的借口。执手相看，无语凝噎，泪眼蒙眬。既然有缘无分，当初真不该投入款款深情，致使胶漆难分。更令人心悸的是，从此人去楼空，惟有窗间明月与扶疏的柳条添悲惹绪，满腹的惆怅又能向谁说？

　　灯炧，灯烛将熄。吴伟业《萧史青门曲》："花落回头往事非，更残灯炧泪沾衣。"

明 陈洪绶 兰花柱石图

清 石涛 寻仙山水图册

沁园春

代悼亡

　　梦冷蘅芜，却望姗姗，是耶非耶？怅兰膏渍粉，尚留犀合；金泥蹙绣，空掩蝉纱。影弱难持，缘深暂隔，只当离愁滞海涯。归来也，趁星前月底，魂在梨花。　　鸾胶纵续琵琶，问可及、当年萼绿华。但无端摧折，恶经风浪；不如零落，判委尘沙。最忆相看，娇讹道字，手剪银灯自泼茶。今已矣，便帐中重见，那似伊家。

赏析

此词自是悼亡，极为幽怨凄暗。上片写梦醒时分的怅惋，以汉武帝思念李夫人之典，极写自己的惝恍迷离之感。梦中隐约见妻子姗姗而来，醒来依然迷迷糊糊，总觉得身边还散发着她的气息，抬眼望去，四处都是她留下的痕迹。也许她真的只是暂时远离，在星夜月下，回家来看望自己。下片以再婚后的失落，衬托对亡妻的痴情。身边纵然有了新人，就能忘记旧人么？也许前妻的离去，说不定是更好的选择。否则留在这世间，遭受种种风波，更为痛苦。只是亡妻的一颦一笑，怎么也难以忘记。想一想这些年来的坎坷经历，又不免黯然，即使两人在帐中重见，也会感到陌生了。

衡芜，香草名。王嘉《拾遗记》卷五："（汉武）帝息于延凉室，卧梦李夫人授蘅芜之香。帝惊起，而香犹著衣枕，历月不歇。"却望姗姗，《汉书·外戚传上·孝武李夫人》："上思念李夫人不已，方士齐人少翁言能致其神。乃夜张灯烛，设帷帐，陈酒肉，而令上居他帐，遥望见好女如李夫人之貌，还幄坐而步。又不得就视，上愈益相思悲戚，为作诗曰：'是邪非邪？立而望之，偏何姗姗其来迟？'"兰膏，一种润发的香油。鸾胶，《海内十洲记·凤麟洲》载，西海中有凤麟洲，多仙家，煮凤喙麟角合煎作膏，能续弓弩已断之弦，名续弦胶，后多用以比喻续娶后妻。萼绿华，传说中的仙女名，自言为九嶷山中得道之女子罗郁。

东风齐著力

　　电急流光，天生薄命，有泪如潮。勉为欢谑，到底总无聊。欲谱频年离恨，言已尽、恨未曾消。凭谁把、一天愁绪，按出琼箫。　　往事水迢迢，窗前月、几番空照魂销。旧欢新梦，雁齿小红桥。最是烧灯时候，宜春髻、酒暖蒲萄。凄凉煞，五枝青玉，风雨飘飘。

赏析

　　词写离愁别绪。上片描绘百无聊赖的心情。光阴似箭，转眼分离多年，独处无精打采，强作欢悦总觉无聊。连抒写离愁也提不起兴致，因为万般话语都已说尽，心中的愁绪没有丝毫消解。下片抚今追昔，以昔日之欢快写当下之凄凉，以倍增其哀乐。宜春髻，葡萄酒，小红桥上鱼龙飞舞，极是人间乐事；五枝青玉，风雨飘摇，其景也哀。

　　雁齿，桥的台阶。烧灯时候，元宵节。宜春髻，旧时春日妇女所梳的髻，即将"宜春"字样贴在彩胜上。五枝青玉，一干枝五枝的花灯。《西京杂记》："高祖初入咸阳宫，周行府库，金玉珍宝，不可称言。其尤惊异者，有青玉五枝灯，高七尺五寸，下作盘龙，作蟠螭，以口衔灯。灯燃，鳞甲皆动。"

摸鱼儿

午日雨眺

涨痕添、半篙柔绿，蒲梢荇叶无数。台榭空濛烟柳暗，白鸟衔鱼欲舞。红桥路，正一派、画船箫鼓中流住。呕哑柔橹，又早拂新荷，沿堤忽转，冲破翠钱雨。　　蒹葭渚，不减潇湘深处。霏霏漠漠如雾，滴成一片鲛人泪，也似汨罗投赋。愁难谱，只彩线、香菰脉脉成千古。伤心莫语，记那日旗亭，水嬉散尽，中酒阻风去。

赏析

午日，五月初五端阳节。端午这一天，天空洒下了蒙蒙细雨，好似鲛人的眼泪，它们都在为自沉汨罗的诗人而悲泣。站在水边亭台中望去，有一道涨痕，半篙冷绿，无数荇菜，百鸟衔鱼而去，画船箫鼓而来。

鲛人泪，张华《博物志》卷九："南海外有鲛人，水居如鱼，不废织绩。……从水出，寓人家，积日卖绡。将去，从主人索一器，泣而成珠满盘，以与主人。"汨罗投赋，《汉书·贾谊传》："谊既以适去，意不自得，及渡湘水，为赋以吊屈原。"《古今事物考》："《续齐谐记》曰：屈原五月五日投汨罗江死，楚人哀之，每贮米竹筒投祭。汉建武中，长沙欧回见一人自称三闾大夫，曰：'常苦蛟龙所窃，更有惠者，以楝叶塞筒，五彩丝缚之，则蛟龙所惮也。世以菰叶裹黏米，今粽子是也。'"旗亭，酒肆。

锦堂春

帘际一痕轻绿，墙阴几簇低花。夜来微雨西风软，无力任欹斜。　　仿佛个人睡起，晕红不著铅华。天寒翠袖添凄楚，愁近欲栖鸦。

赏析

容若词赋秋海棠者有三。前两者或赠人，或思家，皆为托物言志之作。此首则接近赋体，意在描摹海棠花本身形态，似无寄托。上片说海棠开在无人关注的墙阴之处，在微雨西风中，显得那样柔弱。下片说海棠娇弱的情态，似不施粉黛的美人，刚刚从睡梦中醒来不胜娇羞的样子，在这日暮天寒时分，更让人怜惜。

惠洪《冷斋夜话》："东坡《海棠》诗云：'只恐夜深花睡去，更烧银烛照红妆。'事见《太真外传》曰：'明皇登沉香亭，召妃子。妃子时卯酒未醒，命力士使侍儿扶掖而至。妃子醉韵残妆，钗横鬓乱，不能再拜。明皇笑曰：是岂妃子醉，真海棠睡未醒耳。'"

明 陈洪绶 幽亭听泉图

忆秦娥

长飘泊，多愁多病心情恶。心情恶。模糊一片，强分哀乐。　拟将欢笑排离索，镜中无奈颜非昨。颜非昨。才华尚浅，因何福薄。

赏析

词言其灰暗心情。上片说因多病多愁，再加上多年漂泊，所以情绪低落，即使想强作欢笑，也无甚滋味。下片说眼看韶华流逝，岁月虚掷，极为焦虑。最后自我解嘲，说自己并非才华超绝之人，为何也命运多舛呢？

明 仇英 桃源图卷

减字木兰花

　　烛花摇影，冷透疏衾刚欲醒。待不思量，不许孤眠不断肠。　　茫茫碧落，天上人间情一诺。银汉难通，稳耐风波愿始从。

赏析

　　词为悼亡而作。寒夜孤眠，难耐凄清。夜半时候惊醒，睡眼惺忪，见室内灯影明灭，不禁顿感凄凉，不知不觉思念起往日同枕的爱侣。但愿人间天上，终有相聚之日。倘若能同至牵牛织女之家，哪怕银河风波险恶，也要乘槎而上。

减字木兰花

断魂无据，万水千山何处去。没个音书，尽日东风上绿除。　　故园春好，寄语落花须自扫。莫更伤春，同是恹恹多病人。

赏析

词为两地书。上片写妻子的哀怨。春风已绿小庭院，触目尽是惨红愁绿，春思渐浓，芳心不定。想起情郎一去，从此杳无音讯，不知千山万水，何处去寻觅他的踪迹，连梦魂也彷徨无依。下片写丈夫的宽慰。羁留他乡，见江上绿杨，芳草凄凄，顿有乡关之思，与妻子一样柔肠寸断。此时此刻，想必故园定是草长莺飞，花红柳绿，春意盎然，这直让他梦魂飞绕。可惜自个身不由己，不能早归家，与妻子同扫落花。不过，既然知晓对方都牵挂着自己，或许就不会那么伤感了。

少年游

算来好景只如斯,唯许有情知。寻常风月,等闲谈笑,称意即相宜。　　十年青鸟音尘断,往事不胜思。一钩残月照,半帘飞絮,总是恼人时。

赏析

这是词人回忆往日情事时的感喟,如脱口而出,洞彻心扉。时过境迁,多年以后再慢慢寻思,词人发现,所谓的温馨甜蜜,其实也无非是日常生活中的琐碎小事,一觞一饭,一颦一笑,诸如此类而已。只要是心意相通,就能感受到幸福。可惜这样的日子终不能长久,分别已经十年,往事还是不断涌上心头。残月、飞絮,当日的点点滴滴,"一处所,一物候",总勾起伤心的回忆。

青鸟,神话传说中为西王母取食、传信的神鸟,后指信使。李璟《摊破浣溪沙》:"青鸟不传云外信,芭蕉空结雨中愁。"

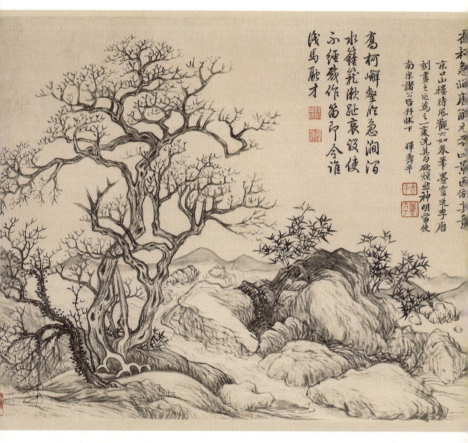

清 恽寿平　乔柯急涧图

卜算子

五日

村静午鸡啼，绿暗新阴覆。一展轻帘出画墙，道是端阳酒。　早晚夕阳蝉，又噪长堤柳。青鬓长青自古谁，弹指黄花九。

赏析

端午节的正午，清风吹拂，酒帘招展，柳枝摇摆，乡村一片静谧，惟有偶尔响起鸡叫声，伴随着一阵一阵的蝉鸣，打破了这片静寂。时序的变化，往往让人措手不及，眼下还是端午，转眼就会到了重阳。在纷至沓来的佳节中，人也一天天老去。五日为五月初五日端午节，黄花九指九月初九重阳节。

卜算子

咏柳

娇软不胜垂，瘦怯那禁舞。多事年年二月风，剪出鹅黄缕。　　一种可怜生，落日和烟雨。苏小门前长短条，即渐迷行处。

赏析

轻舞飞扬的柳条，如少女般娇嫩柔弱，在二月春风中，展露出点点鹅黄。落日下，烟雨中，有无数凄迷，有无限娇羞，使人欲罢不能，欲走还留。苏小，苏小小。温庭筠《杨柳枝八首》之三："苏小门前柳万条，氄氄金线拂平桥。黄莺不语东风起，深闭朱门伴细腰。"

天仙子

　　好在软绡红泪积，漏痕斜胃菱丝碧。古钗封寄玉关秋，天咫尺，人南北，不信鸳鸯头不白。

赏析

　　此为山盟海誓之情书，表白终身相守、决不分离之意。论者以为表达乡关之思，表达了对爱妻的深情怀念，既于史无征，又与词中所"红泪"之典的官妓身份相去甚远。《昭代词选》曾有副题"古意"，则是拟古之作，从《上邪》等脱化而来。"不信鸳鸯不白头"这一斩金截铁的决绝之辞，分明是海枯石烂、此心永恒的誓言。有了这样的决心，即使春风不度的玉门关，也似咫尺之间，伸手可及，还有什么障碍能够隔断他们的情意呢？这不是用泪水浇透的缠绵软语，而是从心底发出的激情倾诉，所以似屋漏之痕，似古钗之态，一挥而成，草草写就。

　　软绡红泪，《丽情集》："灼灼，锦城官妓也，善舞《柘枝》，能歌《水调》。御史裴质与之善，后裴召还，灼灼以软绡聚红泪为寄。"毛滂《调笑令》："憔悴，何郎地。密寄软绡三尺泪，传心语眼郎应记。"漏痕，屋漏之痕迹，与下句之"古钗"同指草书所写之字迹。陆羽《僧怀素传》："至晚岁，太师颜真卿以怀素为同学邬兵曹弟子，问之曰：'夫草书于师授之外，须自得之。张长史睹孤蓬、惊沙之外，见公孙大娘剑器舞，始得低昂回翔之状，未知邬兵曹有之乎？'怀素对曰：'似古钗脚，为草书竖牵之极。'颜公于是倘佯而笑，经数月不言其书。怀素又辞之去，颜公曰：'师竖牵学古钗脚，何如屋漏痕？'"

天仙子

　　月落城乌啼未了，起来翻为无眠早。薄霜庭院怯生衣，心悄悄，红阑绕，此情待共谁人晓。

赏析

　　词写寂寥之情。月落乌啼，夜来无眠。清晨早起，伫立于庭院，足履薄霜，凉意袭来，渐渐觉得夏衣不合时宜。季节将换，若有所失。"一日不见兮，我心悄悄"，这是张玉娘为相思而踟蹰；"山客心悄悄，常嗟岁序迁"，这是寒山为滞留他乡而叹惋。词人"心悄悄"，倚遍阑干，却是心中愁苦无人倾诉。生衣，夏衣。王建《秋日后》："立秋日后无多愁，渐觉生衣不著身。"

浪淘沙

秋思

霜讯下银塘，并作新凉。奈他青女忒轻狂，端正一枝荷叶盖，护了鸳鸯。　　燕子要还乡，惜别雕梁。更无人处倚斜阳，还是薄情还是恨，仔细思量。

赏析

词写秋日离情。秋色已深，天气转凉，伫立池塘旁，见亭亭荷叶下鸳鸯成双，心中自是惆怅。霜冷风急，燕子也要还乡了，而自己惟有独立斜阳，默默无语，暗念故乡。仔细想来，竟然不知何故而羁留他方。

霜讯，霜信，霜期到来之消息。葛长庚《瑞鹤仙》："残蟾明远照，正一番霜讯，四山秋老。"银塘，清澄明净的池塘。柳永《如鱼水》："轻霭浮空，乱峰倒影，潋滟十里银塘。"青女，司霜雪之女神。《淮南子·天文训》："至秋三月……青女乃出，以降霜雪。"高诱注："青女，天神，青霄玉女，主霜雪也。"

丙寅四月舟次龍華
道中寫金山將境發
一日宿積仙庵 十有四日
其昌

明 董其昌 佘山游境圖

浪淘沙

清镜上朝云，宿篆犹熏。一春双袂尽啼痕，那更夜来山枕侧，又梦归人。　　花底病中身，懒约湔裙。待寻闲事度佳辰，绣榻重开添几线，旧谱翻新。

赏析

此词写闺情。上片说闺中少妇夜来又梦见丈夫回家，醒来不胜伤感。看一看身上的衣衫，尽是这一春留下的泪痕。下片说她春来慵懒，万事提不起兴趣，湔裙等热闹的场合再也不想参与，只是独自一人在家中做做女红，以打发时光。

浪淘沙

　　双燕又飞还，好景阑珊。东风那惜小眉弯，芳草绿波吹不尽，只隔遥山。　　花雨忆前番，粉泪偷弹。倚楼谁与话春闲，数到今朝三月二，梦见犹难。

赏析

　　词为怀人之作。去年上巳之日，曾与欢郎一起度过了一个美妙的节日。今年眼看芳草凄凄，春意阑珊，她一天天数着日子，一直数到上巳节的前一天，去年的双燕都飞还了，而情郎还不知在何方。落花飘零之中，忆及前事，不禁粉泪盈盈。三月二，上巳节前一日。杜甫《丽人行》："三月三日天气新，长安水边多丽人。"

浪淘沙

眉谱待全删，别画秋山，朝云渐入有无间。莫笑生涯浑似梦，好梦原难。　　红咮啄花残，独自凭阑，月斜风起袷衣单。消受春风都一例，若个偏寒？

赏析

月斜时分，独自凭栏，春风渐起，衣单人只，不禁感到丝丝凉意从心底生起。前人有言，风无雌雄。为什么他人或如沐春风，而自己不胜凄寒呢？仔细想来，不是身寒，而是心寒。远山如黛，黛似秋山，含颦无限。巫山神女，因是梦中一厢情愿之事，为人嗤笑。但即使是梦，能够拥有它也是一种幸福。"直道相思了无益，未妨惆怅是清狂"。哪怕没有结局，总还有相思可以咀嚼。真正让人心寒的，是连梦都没做成，连相思也没有了。

《文选》载宋玉《高唐赋序》云："昔者楚襄王与宋玉游于云梦之台，……梦见一妇人，曰：'妾，巫山之女也，为高唐之客。闻君游高唐，愿荐枕席。'王因幸之，去而辞曰：'妾在巫山之阳，高丘之阻，旦为朝云，暮为行雨，朝朝暮暮，阳台之下。'"

浪淘沙

夜雨做成秋，恰上心头，教他珍重护风流。端的为谁添病也，更为谁羞？　　密意未曾休，密愿难酬，珠帘四卷月当楼。暗忆欢期真似梦，梦也须留。

赏析

秋雨缠绵，秋思正浓。佳人相思成疾，日益憔悴。可惜她一片痴情，却无法向对方倾诉。往日的情意未曾忘记，爱的心愿却难以实现。珠帘四卷，明月当楼，离人百无聊赖，早早上床独眠。当时的欢会，真如梦境一般。即使明知是梦，凄苦之极的她也宁愿留在梦里。

"秋"在"心"上，为"愁"字。吴文英《唐多令》："何处合成愁，离人心上秋。"

浪淘沙

　　紫玉拨寒灰，心字全非，疏帘犹是隔年垂。半卷夕阳红雨入，燕子来时。　　回首碧云西，多少心期，短长亭外短长堤。百尺游丝千里梦，无限凄迷。

赏析

　　佳人闲极无聊，用紫玉钗拨弄燃尽的香灰，心字的香灰被弄得一团糟，佳人的心也乱如麻。燕子来时，雨后清明，本是春光明媚，但佳人毫无喜悦之情。低垂帘幕，望日落日起，花开花谢，两眼凄迷。无数次的眺望，无数次的失望，良人依然远在千里之外，陪伴她的还是无穷无尽的思念。百尺游丝，系不住春晖，更系不住梦中之人，系住的只是她的春愁。

凤皇台上忆吹箫

守岁

锦瑟何年，香屏此夕，东风吹送相思。记巡檐笑罢，共捻梅枝。还向烛花影里，摧教看、燕蜡鸡丝。如今但、一编消夜，冷暖谁知。　　当时，欢娱见惯，道岁岁琼筵，玉漏如斯。怅难寻旧约，枉费新词。次第朱幡剪彩，冠儿侧、斗转蛾儿。重验取、卢郎青鬓，未觉春迟。

赏析

词写守岁时所感。上片先回忆往日与他人共同守岁时的温馨场面：手捻着梅花，穿梭于屋檐下；烛花影里，品评着各种节日食品。如今独自一人，手持书一卷，坐待天明。下片说自己曾经以为这样的日子会一直延续下去，可既相暌违，旧约成空。不过，转眼即是元宵，到那时重新相聚，亦未为太迟。

巡檐，来往于檐前。杜甫《舍弟观赴蓝田取妻子到江陵喜寄》之二："巡檐索共海花笑，冷蕊疏枝半不禁。"蛾儿，古代妇女于元宵节前后插戴在头上的剪彩小帽之类的应时饰物。康与之《瑞鹤仙·上元应制》："风柔夜暖，花影乱笑声喧。闹蛾儿、满路成团打块，簇着冠儿斗转。"卢郎，钱易《南部新书》："卢家有子弟，年已暮犹为校书郎，晚娶崔氏女。崔有词翰，结褵之后，微有慊色。卢因请诗以述怀为戏，崔立成诗，曰：'不怨卢郎年纪大，不怨卢郎官职卑。自恨妾身生较晚，不见卢郎年少时。'"

野潤煙光薄
沙暄日色遲

倪雲林

清　王鑒　山水清音圖

好事近

帘外五更风，消受晓寒时节。刚剩秋衾一半，拥透帘残月。　　争教清泪不成冰，好处便轻别。拟把伤离情绪，待晓寒重说。

赏析

词写由秋日乍寒引起的伤离情怀。所谓秋夜冰冷的被子刚好多出了一半，即指伊人孤枕独眠。她听着帘外萧瑟的寒风，愈发感到晓寒难耐，于是拥衾而坐，望着帘外的残月，一行清泪滑落下来。"算人生，悲莫悲于轻别。"（柳永《倾杯乐》）她只期待，下一个晓寒时分，她能与爱人双拥而坐，慢慢诉说今日别离的凄苦。

霜天晓角

　　重来对酒，折尽风前柳。若问看花情绪，似当日、怎能够。　　休为西风瘦，痛饮频搔首。自古青绳白璧，天已早、安排就。

赏析

　　青蝇白璧喻遭小人逸谤，刘向《九叹·怨思》："若青蝇之伪质兮，晋骊姬之反情。"王逸注："青蝇变白使黑，变白使黑，以喻谗佞。"则此首词当为劝解遭受冤屈的友人而作。友人蒙受不白之冤，含恨远去，词人置酒送别，折柳而赠。虽然再度举杯共饮，兴致不同往日之高扬，但也不必就此沉沦。自古以来，青绳白璧，黑白倒置，已屡见不鲜。这些委屈，算来只是上天对你的磨砺。

水龙吟

题文姬图

须知名士倾城，一般易到伤心处。柯亭响绝，四弦才断，恶风吹去。万里他乡，非生非死，此身良苦。对黄沙白草，呜呜卷叶，平生恨、从头谱。　　应是瑶台伴侣，只多了、毡裘夫妇。严寒觱篥，几行乡泪，应声如雨。尺幅重披，玉颜千载，依然无主。怪人间厚福，天公尽付，痴儿騃女。

赏析

此首题画词，围绕画中人物蔡文姬，描写其悲惨的不幸遭遇，抒写对其坎坷命运的同情。蔡文姬博学才辩，妙于音律，原应受到珍爱敬重，谁知命运多舛，流落塞外，与黄沙白草为伍，饱尝异族异乡异俗生活之苦。这样凄惨的结局，千载之下，依然令人潸然。更让词人心痛的是，历来那些名士倾城，总是饱受生活的折磨，而那些痴儿呆女，却享尽了人间的厚福。

文姬，蔡琰，字文姬，陈留郡圉县（今河南杞县）人，有《悲愤诗》二首。《后汉书·列女传》："陈留董祀妻者，同郡蔡邕之女也，名琰，字文姬。博学有才辩，又妙于音律。适河东卫仲道。夫亡无子，归宁于家。兴平中，天下丧乱，文姬为胡骑所获，没于南匈奴左贤王，在胡中十二年，生二子。曹操素与邕善，痛其无嗣，乃遣使者以金璧赎之，而重嫁于祀。"

柯亭，在今浙江绍兴西南，盛产良竹。伏滔《长笛斌》序云：

279

"邕避难江南，宿于柯亭。柯亭之观，以竹为椽。邕仰而眄之曰：
'良竹也。'取以为笛，奇声独绝。历代传之，以至于今。"四
弦才断，《后汉书》李贤注引刘昭《幼童传》："邕夜鼓琴，弦绝。
琰曰：'第二弦'。邕曰：'偶得之耳。'故断一弦问之，琰曰：
'第四弦。'并不差谬。"觱篥，笳管，出自西域龟兹。刘商《胡
笳十八拍》第七拍："龟兹觱篥愁中听，碎叶琵琶夜深怨。"